2020"傅雷"青年翻译人才发展计划项目成果

浙

非   第一辑

总主编　汪　琳　刘鸿武　胡美馨

模棱两可的
冒险

L'Aventure Ambiguë

Cheikh Hamidou Kane

[塞内加尔]谢赫·阿米杜·卡纳 著

汪　琳 译

浙江工商大学出版社 ｜ 杭州
ZHEJIANG GONGSHANG UNIVERSITY PRESS

图字:11—2021—264

图书在版编目(CIP)数据

模棱两可的冒险 /(塞内)谢赫·阿米杜·卡纳著;
汪琳译. —杭州:浙江工商大学出版社,2024.4
 (非洲人文经典译丛 / 汪琳,刘鸿武,胡美馨主编. 第二辑
)
 书名原文:L'Aventure Ambiguë
 ISBN 978-7-5178-4831-8

 Ⅰ.①模… Ⅱ.①谢… ②汪… Ⅲ.①自传体小说—
塞内加尔—现代 Ⅳ.①I434.45

中国版本图书馆 CIP 数据核字(2022)第021185号

Originally published in France as:

L'Aventure ambiguë by Cheikh Hamidou Kane

Éditions Julliard, Paris, 1961

Current Chinese translation rights arranged through Divas International, Paris
迪法国际版权代理

模棱两可的冒险

MOLENG LIANGKE DE MAOXIAN

[塞内加尔]谢赫·阿米杜·卡纳
汪　琳　译

出 品 人	郑英龙	
策划编辑	姚　媛	
责任编辑	张莉娅	
责任校对	王　英	
封面设计	望宸文化	
责任印制	包建辉	
出版发行	浙江工商大学出版社	
	(杭州市教工路198号　邮政编码310012)	
	(E-mail:zjgsupress@163.com)	
	(网址:http://www.zjgsupress.com)	
	电话:0571-88904980,88831806(传真)	
排　　版	杭州朝曦图文设计有限公司	
印　　刷	杭州高腾印务有限公司	
开　　本	880mm×1230mm　1/32	
印　　张	6.375	
字　　数	156千	
版 印 次	2024年4月第1版　2024年4月第1次印刷	
书　　号	ISBN 978-7-5178-4831-8	
定　　价	56.00元	

　　本书的版权购买、翻译出版获浙江省"一流学科（A类）"（浙江师范大学外国语言文学）、教育部浙江省非洲研究与中非合作省部共建协同创新中心等经费资助。

　　本书为教育部人文社会科学研究青年基金"'一带一路'背景下我国对非洲文学的译介研究"（18YJC740091）、浙江省哲学社会科学规划重点课题"非洲文学在中国的译介研究"（18NDJC039Z）、国家社科基金重大项目"非洲法语文学翻译与研究"（20&ZD292）的阶段性成果。

2020"傅雷"青年翻译人才发展计划项目成果

鸣谢：

中国翻译协会

上海市浦东新区文化体育和旅游局

上海市浦东新区周浦镇人民政府

上海浦东傅雷文化发展专项基金

《中国翻译》杂志

傅雷图书馆

总　序

　　《周易》曰："刚柔交错，天文也；文明以止，人文也。观乎天文，以察时变，观乎人文，以化成天下。"文明作为一种在历史演进过程中积淀下来的价值观念、生活方式、知识体系，是各民族自身延续的精神根基。在中华民族的"人文化成"观中，文明既根植于"天人合一""仁民爱物"的人文精神，又富含"己所不欲，勿施于人"的道德理性与"和而不同"的和谐理念。"文明以止"，讲求"修文德以来之"，即通过文化的吸引力和典范作用来教化民众、治理社会、认同文化，从而实现"天下一家"的目标。今天，在全球化浪潮的冲击下，各地区面临着巨大的机遇和挑战，习近平总书记提出："我们应该从不同文明中寻求智慧、汲取营养，为人们提供精神支撑和心灵慰藉，携手解决人类共同面临的各种挑战。"（《文明交流互鉴是推动人类文明进步和世界和平发展的重要动力》，《求是》2019年第9期）文明交流互鉴已经成为人类发展的重要基础和途径。

中国与非洲虽远隔万里，但双方人文交流源远流长，文明互鉴积厚流光。中非文明都蕴含集体主义思想，都崇尚人与自然的和谐相处，都曾在不同时期产生过独特的思想智慧，这些共同点拉近了中非文明之间的距离。早在《汉书》中就有过关于中非交往的记载。唐代杜环的《经行记》，宋代李石的《续博物志》、周去非的《岭外代答》、赵汝适的《诸蕃志》，元代汪大渊的《岛夷志略》，明代马欢的《瀛涯胜览》、费信的《星槎胜览》、巩珍的《西洋番国志》，清代林则徐的《四洲志》、魏源的《海国图志》、张德彝的《航海述奇》、丁廉的《三洲游记》，等等有文字记载的史料，都表明了中非人文交流的悠久历史，也演绎了文明碰撞与交融的生动画卷。人文交流是人与人之间沟通情感和思想的桥梁，也是国与国之间加深理解和信任的纽带。与官方主导特征明显的公共外交和过于松散自发的民间交流相比，人文交流具有基础性、广泛性、持久性等特征。当今世界处于百年未有之大变局之中，中国比历史上任何时候都更深刻地与外部世界维系着复杂的互动关系。人文交流可以使中非文明互鉴走出一条互相尊重、平等对话、多元交流的新型道路，可以使当代国人形成更均衡的全球文化视野，理解人类多元文化之美，"美人之美，美美与共"。

进入21世纪后，中非合作论坛与"一带一路"倡议为中国和非洲的共同发展打开了新的机遇之门。中非文化交流广泛深入，已经成为中非交流的重要组成部分，但当前仍面临多重困难：其一，西方媒体着力宣扬"中国新殖民主义""中国掠夺资源论"，意在误导国际舆论，造成非洲民众对中国的不信任；其二，非洲文化中自然主义的村社传统和部落精神与中国的礼仪传统和儒家思想大相径庭，交流中容易产生偏见与误解。推进中非文化交流的要义在于人民的参与，即要深入人民的日常生活，聚焦人民的现实情感需求。对话是双向的，有双方共同关心的话题、共同理解的话语体系，才能使交流双方有更多的路径参与其中，从而获得参与感、满足感和认同感。语言与社会文化的共生性决定了翻译在中非文化交流中扮演的重要角色——为中非双方扫清沟通障碍，消除偏见与误解，增进彼此间的了解。翻译是一个窗口，可以向彼此展现更加真实、立体、全面的异域文化。简单回顾非洲文学在我国的译介史，有助于理解文学翻译在中非文化交流中的作用。

我国对非洲文学的译介肇始于晚清。出生于埃及的诗人蒲绥里的《衮衣颂》（1890，今译《斗篷颂》）是有记载的最早的非洲文学汉译作品。南非女作家旭莱纳的短篇小说集《梦》（1923）、法属马提尼克作家赫勒·马郎的小说《霸都亚纳》（1928）等作品契合了当时五四运动和左翼文学的风尚，成为20世纪初期屈指可数的非洲文学汉译作品。

20世纪五六十年代，中国虽已成功摆脱殖民主义桎梏并取得了民族解放，但与正在争取自身独立的非洲国家有着强烈的共鸣，并在思想和行动上对其进行了积极的支持与帮助。该时期的译介主要服务于政治宣传，中非建交与领导人互访等外交事件成为译介热潮的直接推动因素。反殖民主义色彩越强烈的非洲作家，就越受我国新闻出版界的重视。如塞内加尔国民作家桑贝内曾于1958年参加在乌兹别克斯坦首都塔什干举行的第一届亚非作家会议，并在会后应中国作家协会和中国亚非团结委员会的邀请，到中国参观访问。桑贝内出版于20世纪60年代的几部小说在中国几乎被同时翻译并相继出版，甚至有出版社推出改编连环画，印数高达56万册，令人惊叹。

改革开放以后，非洲文学蕴含的政治功能在我国逐渐淡化，译介种类更为丰富，但数量与前一阶段基本持平。出版界在获得以美学价值为评判尺度的决定权后，起初有过一段探索和适应期，这时，西方颁发的国际性文学奖项成了一定程度上的出版导向。自20世纪80年代起，索因卡、马哈福兹、戈迪默、库切、阿契贝等非洲作家陆续获诺贝尔文学奖、布克国际文学奖等国际奖项，这些作家的代表作均在20世纪末21世纪初被译成中文，其所属的尼日利亚、埃及、南非等国的文学作品也顺势成为我国非洲文学译介的重心。

中非合作论坛成立于世纪之交，为中非文化交流提供了新的平台，但文学翻译在21世纪第一个10年产出不丰。2013年，习近平总书记提出"一带一路"倡议之后，非洲文学作品的翻译迎来井喷期，译介视野得到极大拓展，最明显的变化是出现了多个较大规模的文学译丛与个人作品集。比如：由浙江师范大学牵头、浙江工商大学出版社出版的"非洲人文经典译丛"，这是我国第一个以非洲文学为主体获得国家出版基金项目资助的译丛；华文出版社的"丝路文库"；南方家园出版社的"南方家园非洲系列作品"。另外，北京燕山出版社的"天下大师"系列推出了戈迪默与索因卡的作品集，南海出版公司推出了阿契贝作品集，译林出版社推出了奥克瑞作品集，中信出版集团推出了科托作品集，人民文学出版社推出了阿迪契作品集，等等。

一个值得注意的现象是，尽管在21世纪，非洲法语文学的中译本在数量上远远不及非洲英语文学的中译本，但非洲法语文学在中国大放异彩，两届法国龚古尔文学奖"中国之选"的获奖作品均由非洲或非裔作家所作。2018年，法国龚古尔文学奖首次来到中国，由中国评委从龚古尔学院评选的10余部入围法语作品中票选出"中国之选"，最终获奖作品为塞内加尔裔法国籍作家迪奥普的《灵魂兄弟》，其中译本于2年后问世。迪奥普虽未获当年的法国龚古尔文学奖，却在3年后凭此书成为第一位获布克国际文学奖的法国作家。2021年，第二届法国龚古尔文学奖"中国之选"颁给了塞内加尔作家萨尔的《人类最秘密的记忆》，萨尔也凭借该作品成为撒哈拉以南非洲首位获法国龚古尔文学奖的作家，该作品的中译本的出版也在紧锣密鼓地推进中。

我国百余年来对非洲文学的翻译工作架起了中非民心相通的桥梁。民心相通的前提是互相尊重，而文学翻译是其中耗资最少、收效最佳的路径。我国的穆斯林代表团曾将马金鹏先生翻译的《伊本·白图泰游记》赠给摩洛哥国王哈桑二世，在当地引起了轰动。2002年，摩洛哥国王访问我国，提到了《伊本·白图泰游记》这本书。2014年的中阿合作论坛第六届部长级会议上，习近平总书记在开幕式上的讲话中也提到了此书。这是文学翻译在中非人文交流中连通民心、发挥巨大作用的一大例证。可见，我国越来越重视文学翻译在中非民心相通过程中起到的基石作用。

文学翻译也同样有力地推动了中非文明互鉴。非洲第一个诺贝尔文学奖得主索因卡曾于2012年访华，他在中国社会科学院所做的演讲题目是"非洲大陆半个世纪的复兴之路"。中非当代文学创作的共同特征之一就是对民族复兴梦的追寻。文学翻译能够在尊重文化多样性的基础上加强文明互鉴，推动中非实现"中国梦"与"非洲梦"。非洲历来善于吸收外来文化：索因卡曾提到自己读过李白、杜甫、苏东坡的诗文，也读过中国当代诗人作品合集的英文版；《三国演义》在非洲的翻译和传播使关羽在南非成为反抗暴政与种族压迫的正义象征；尼日利亚戏剧家费米在中国观剧后，回去写了非洲版的《雷雨》……中国文学对非洲文化的影响可谓润物细无声。非洲现代文学个性鲜明，同时从古老的口述传统与现代的西方文学中汲取养分，融会贯通，展现民族自信，已有多位在非洲出生的作家（如加缪、索因卡、马哈福兹、戈迪默、库切、古尔纳等）斩获诺贝尔文学奖。今天的中国社会也经历了改革开放40多年来的巨变，在通过文学建构国家与民族形象，并有效地对外传播这一点上，中国文学可以向非洲文学学习。中国文化的"走出去"与非洲文化的"走进来"只有实现同频共振，才能谱写出追寻中非民族复兴梦的新篇章。

回顾非洲文学在我国百年译介的得失，我们可以清楚地认识到，当前对非洲人文经典的翻译应兼具国际视野和中国情怀。中国和非洲历来是休戚与共的"命运共同体"，双方在当前文化领域都需要摆脱将西方置于世界视野中心的知识运作方式，带着对自身文化身份的认同，介入21世纪世界文学秩序的重构。非洲赢得民族独立之后，在文艺界、知识界、思想界均奋起直追——记录国族历史，思考社会问题，探索非洲精神，憧憬全面复兴，取得了前所未有的发展成就，为非洲吸引了世界的目光，赢得了广泛的赞誉。可以说，在某种程度上，非洲人文思想正在引领"非洲梦"的实现。在彰显文化自信的"一带一路"倡议下，中国学界应该脱离西方奖项与批评的框架，带着国际视野和中国情怀来筛选非洲人文经典作品进行翻译，促进文化传播与文明互鉴。"非洲人文经典译丛"开国内集成式非洲人文经典译介之先河，以全球非洲学者评选出来的"20世纪非洲百部经典"为基础，挑选出一系列在非洲本土极具影响力、至今尚无中译本的作品进行翻译。在知识与思想高速流转的时代，这些作品能够帮助中国读者打破对非洲的刻板印象，读懂非洲故事，理解非洲人民的精神与情感，以更开放的姿态拥抱世界。

非洲研究是浙江师范大学的一大研究特色，外国语学院就设有非洲翻译馆（非洲翻译研究中心）、非洲文学研究中心等多个研究机构。近年来，外国语学院在非洲翻译与研究领域成果颇丰：《20世纪非洲名家名著导论》评介了14个非洲国家的30位作家的生平及作品，《非洲民间故事》收录了80个民间故事，《非洲艺术史》是国内第一部非洲艺术通史译著，"日本对非研究译丛"为国内首批翻译日本对非洲经济、教育、文化、社会及对非政策研究的基础丛书，等等。其中，"非洲人文经典译丛"是启动最早的项目之一。2015年初，我们萌生了将"20世纪非洲百部经典"中的作品译成中文的想法，计划经由翻译工作，深入解读文本，开辟新的学科发展方向。经过认真研讨与论证，在学校非洲研究院的大力支持下，外国语学院依托非洲研究平台优势，积极整合校内外资源，推进跨学科合作，很快成立了"非洲人文经典翻译与研究学术组"。但在真正落实"非洲人文经典译丛"的翻译出版工作时，联系版权、签订合同、翻译作品、设计封面、审校稿件等环节都陆续出现了意想不到的困难，但学术组成员咬着牙，在浙江工商大学出版社的鼎力支持下，啃下了一块又一块硬骨头。从2018年开始，由浙江师范大学外国语学院时任院长洪明教授和非洲研究院院长刘鸿武教授担任主编、外国语学院时任副院长胡美馨教授和非洲文学研究中心主任汪琳博士担任副主编的"非洲人文经典译丛"第一辑中的12部译著陆续出版。值得一提的是，其获得了国家出版基金资助。

"非洲人文经典译丛"第一辑共翻译出版了12部非洲人文经典著作，涵盖文学、哲学、人类学、民俗学、历史学、社会学等不同人文领域，作者来自加纳、塞内加尔、南非、津巴布韦、肯尼亚、尼日利亚、博茨瓦纳等多个国家。《索苏的呼唤》由加纳作家米沙克·阿萨尔所著，是一本颂扬勇气和决心的儿童绘本。《一封如此长的信》的作者为塞内加尔最具国际影响力的女作家玛利亚玛·芭，书中讲述了被遮蔽的非洲现代女性在爱情、婚姻、事业中的挣扎与反抗。《沿着第二大街》是非洲人文主义之父艾捷凯尔·姆赫雷雷的成名作，书中再现了作家的童年时光和少年时代。《解放了的埃塞俄比亚》作为加纳民族主义领袖 J. E. 凯斯利·海福德为数不多的文学作品，是一本有关自我、家庭和国家之爱的沉思录。《蝴蝶燃烧》出自津巴布韦著名女作家伊旺·维拉之手，书中讲述了黑人女孩难以逃离现实，最终选择死亡，如蝴蝶般燃烧自己的故事。《听阿玛杜·库姆巴讲故事》是塞内加尔作家比拉戈·迪奥普从个人经历出发，以童年时期和担任兽医期间接触到的民间故事为基础再创作的充满格里奥风格的民间故事集。《面向肯尼亚山》是肯尼亚开国总统乔莫·肯雅塔的一部人类学著作，也是当时少有的由非洲人自己写就的民俗专著。《活着，恋爱，夜不能寐》是一部短篇小说集，作者为反对种族歧视及致力黑人女性书写的南非作家辛迪薇·马戈那。《南非原住民生活状况，欧洲大战与布尔人反叛前后》由南非作家所罗门·特希克肖·普拉阿杰所著，从原住民与白人的历史纠葛、经济与政治的影响等方面系统全面地描述了自1910年南非联邦成立后，政府掠夺南非黑人资源的事实。《面具之外：种族、性别与主体性》是尼日利亚裔英国籍作家阿米娜·玛玛探讨黑人主体性建构的学术著作，其将种族和性别视作理解身份和主体性概念的关键。《印达巴，我的孩子们：非洲民间故事》由南非文化历史学家、作家乌萨马祖鲁·科瑞多·穆特瓦所著，是一部记录非洲部落生活的神话故事集。《权力问题》是南非裔博茨瓦纳籍女作家贝西·黑德的代表作，该书以自传形式揭露当代非洲在欧洲殖民统治后遗留下来的种族、人权、性别歧视等复杂问题。

"非洲人文经典译丛"第一辑推出后，取得了相当不错的市场反响，也得到塞内加尔的《太阳报》、国内的"学习强国"和《北京青年报》等多个重要媒体平台的推介，但我们并未就此停下脚步。非洲人文经典的译介工作任重而道远，"20世纪非洲百部经典"中还有不少作品有待翻译，也有不少领域有待拓展，我们会在"非洲人文经典译丛"第二辑中为中国读者介绍更多非洲作家的作品。未来我们还将给予译丛更大的开放性，在"20世纪非洲百部经典"的基础上，带着国际视野和中国情怀，选择更多表现时代，甚至引领时代的作品进行翻译，为中非人文交流开辟新的空间，提供新的动力。

"非洲人文经典译丛"第二辑的推进，得益于各位译者的认真负责与细致钻研，也得益于浙江师范大学非洲研究院院长刘鸿武教授、外国语学院院长胡美馨教授的大力支持和无私奉献。本译丛在设计与推进过程中曾得到浙江大学中华译学馆馆长许钧教授、浙江大学世界文学与比较文学研究所所长吴笛教授、广东外语外贸大学云山工作室首席专家聂珍钊教授、杭州电子科技大学非洲及非裔文学研究院院长谭惠娟教授、浙江外国语学院科研处处长洪明教授、浙江师范大学非洲研究院党总支书记王珩教授、上海师范大学外国语学院姚峰教授等诸位专家学者的指导和帮助，对此我们感怀于心。要感谢的人和事还有许多，难免考虑欠周，挂一漏万。此外，译丛虽经多重把关，但难免存在一些疏漏之处，恳请各位专家读者批评指正。

从第一辑的启动到如今第二辑的出版，"非洲人文经典译丛"已经走过了8年多的时光。当今国际局势复杂多变，人文交流的可贵性和必要性更加凸显。希望本译丛能为冷峻的国际关系注入一股富有温情的人文力量，为更好地开展中非人文交流、中外文明

模棱两可的冒险

互鉴提供一些启示。

汪　琳

2022年7月于浙江金华

人物表

（按出场顺序排列）

提埃尔诺：桑巴·迪亚洛在迪亚洛贝《古兰经》学校的老师，书中一般称其为"老师"

桑巴·迪亚洛：主人公

酋长：迪亚洛贝的酋长，桑巴·迪亚洛的堂兄，书中未提及具体姓名

玛利亚姆：酋长的女儿

邓巴：昵称为邓贝尔，桑巴·迪亚洛在《古兰经》学校的同学，后接任提埃尔诺成为迪亚洛贝《古兰经》学校的老师

大皇姐：酋长的姐姐，书中未提及具体姓名

老瑞拉：桑巴·迪亚洛幼时的保姆

坤芭：老瑞拉的女儿

阿玛迪：坤芭的丈夫

阿尔多·迪亚洛贝：迪亚洛贝王室的长子

恩迪亚耶：桑巴·迪亚洛在小城L的老师

让·拉克瓦：桑巴·迪亚洛在小城L上学时的白人同学

乔吉特·拉克瓦：让·拉克瓦的妹妹

阿马尔·洛：桑巴·迪亚洛和让·拉克瓦在小城L的同学

骑士：桑巴·迪亚洛的父亲，书中未提及具体姓名

保罗·拉克瓦：让和乔吉特的父亲，"骑士"的白人同事

疯子：迪亚洛贝人，因回到家乡后讲述自己的过往遭疑，被人称为"疯子"，书中未提及具体姓名

露西安·马尔斯雅尔：桑巴·迪亚洛在法国求学时的白人女同学

皮埃尔：露西安的堂兄，医学生

保罗·马尔斯雅尔：露西安的父亲，牧师

玛格丽特·马尔斯雅尔：露西安的母亲

皮埃尔-路易：桑巴·迪亚洛在巴黎认识的黑人老律师

阿黛尔：皮埃尔-路易的妻子

阿黛尔：皮埃尔-路易的孙女，和祖母同名

于贝尔·皮埃尔-路易：皮埃尔-路易的儿子，年轻女孩阿黛尔的父亲，上尉

马克·皮埃尔-路易：皮埃尔-路易的儿子，工程师

序　言

　　如果我们说，谢赫·阿米杜·卡纳的故事里满是自传的味道，他应该会欣然承认，并且补充说，灵感来自不同的生活经验。

　　以出身论英雄的话，谢赫·卡纳一定是福塔的孩子，是发源于福塔的塞内加尔河①的儿子，这条河是图库洛尔人②的《老人

---

　　① 塞内加尔河发源于福塔贾隆高原，是塞内加尔境内最大的河流，也是西非主要大河之一，由北向西流入大西洋，是塞内加尔与毛里塔尼亚的边境分界线。——译者注。

　　② 图库洛尔人约占塞内加尔总人口的10%，与富尔贝人同宗，主要生活在塞内加尔河沿岸，从事农业和畜牧业。10世纪曾建立塔克鲁尔王国，实行社会等级制、一夫多妻制、男性割礼制等。11世纪皈依伊斯兰教，并开始向其他民族传播伊斯兰教。图库洛尔王国后被福塔托罗王国取代，图库洛尔人又因此被称为福塔人。——译者注。

河》①。作家将自己的母体文化归功于颇勒语②——80万塞内加尔人所使用的丰富又灵活的交流工具，也是从大西洋到乍得之间，500万颇勒人所使用的表达方式。

无论被称呼为"富拉尼人"，还是"颇勒人"，他们都能够自我表达。当然，他们以口头传统传承思想，但他们也会超乎我们所料，使用阿拉伯语书写。欧洲语言学家曾收集（通常也会出版）许多相关资料（如1931年亨利·嘉当曾出版1282条"颇勒族与图库洛尔族格言与谚语"），我们可以借此了解大量颇勒文化中有关观念、技巧、制度等的内涵。

诚然，最吸引人也是最常见的体裁是童话故事，或说"寓言"，智计百出，细节的描写有时十分露骨。其他文本往往历史色彩浓厚：如传统故事，或者说是传奇，描绘了许多原型人物，英雄常常身怀魔力。在其他地区，如尼日尔，吉贝尔·魏叶亚就注意到，有的故事生动活泼，以年轻的牧羊人为主人公，详尽描写了觉醒男性力量需要经历的重重考验。在这些故事中，随处可见人类共通的主题：友谊与爱情，沉睡与死亡，以及"富拉古"（"富拉古"是指"言行举止和颇勒人一样的方式"，也可以用

① 《老人河》是反映美国黑人悲惨生活的著名歌曲。——译者注。

② 颇勒语，即富拉尼人所讲的富拉语。在法语文献中常称为"颇勒人""颇勒语"，英语文献中常称为"富拉尼人""富拉语"。——译者注。

"行为主义者"的伦理来解释，强调"审慎"与"克制"）课程中的"羞耻"，是对有色人种的敏感表达。

谢赫·卡纳的家族把这个排行第二的儿子叫作"桑巴"。他小时候，如果犯了错，大人想要责罚他，就把他唤作"姆巴赫"（奴隶的绰号）。圣方济各[①]称自己的身体为"我的驴兄弟"，《模棱两可的冒险》的主人公则被唤作"姆巴赫"。

与此同时，桑巴还有个穆斯林名字：谢赫·卡纳。因为颇勒文化还从伊斯兰教中汲取养分。谢赫·卡纳的父亲是狂热的穆斯林，他自己也是坚定的信徒。还是学生的时候，谢赫·卡纳就说过："如果伊斯兰教不是西非唯一的宗教，也应该是最重要的宗教。在我看来，伊斯兰教是关乎自身心灵的宗教。"[②]

一开始，谢赫·卡纳在几个书名之间犹豫，一度想把小说取名为《真主不是父母》，这句几乎直接借用自颇勒语的表达是为了强调安拉的难以接近。小说的主人公说："我的父亲不是在生活，

[①] 圣方济各（1182—1226），天主教方济各会和方济各女修会的创始人，也是动物、商人、天主教教会运动及自然环境的守护圣人。圣方济各出身富裕家庭，青年时参战被俘，后受上帝感召。传说他身上曾显现异相，出现了耶稣受难时承受的五伤（双手双脚与左胁）。圣方济各主张慈爱，接济穷人，关心人间疾苦；他创导并恪守清贫苦修的戒律，曾将自己的身体称作应当接受训诫的驴兄弟。——译者注。

[②] *Bulletin de l'Association musulmane des étudiants africains de Dakar*, numéro de mai-juin, 1956.——原注。

他是在祈祷……"他又说："这里所有的人，从最粗野的农民到最有教养的人，都相信有世界末日。"他最早的系统性启蒙来自用阿拉伯语教导他经文的老师，经文对那时的他来说是无法理解的真言，需要完美无缺地背诵，否则就会挨打（"无论是细棒还是燃烧的木柴，手边有什么，他都会抄起来惩罚学生。"）。老师严以待人，亦严于律己，就像圣人一般。老师与迪亚洛贝的酋长之间的对话是本书最精彩的部分之一。

作者30岁就成为捷斯①的地方长官。但他曾经是巴黎拉丁区的学生，头脑清楚的经济学家，也是皮埃尔神父创办的世界苦难研究与行动所的一员，与巴黎《精神》杂志编辑团队为友。他也许会和塞内加尔总统列奥波尔德·塞达·桑戈尔说出同样的话："我们是文化的混血儿。我们自觉是黑人，我们用法语自我表达，因为法语是一门面向全世界的语言。"②但他知道，选择并非总是易事，"西方的诱惑"也并不局限于语言。《模棱两可的冒险》讲述了一个关于"欧化"的非洲人灵魂撕裂与精神危机的故事，同时伴随着自我意识的形成。有的人停止学业，从中轻易地挣脱出来。谢赫·卡纳的主人公是"解体"的，他最后的死亡就像自杀。在

---

① 捷斯，又译"蒂埃斯"，塞内加尔西部城市，距离首都达喀尔68千米，位于佛得角半岛进入内地的交通要道，工业、商业较为发达。——译者注。

② *Éthiopiques*, Paris, 1956, p. 120.——原注。

"一战"后不久,另一个塞内加尔作家巴卡里·迪亚洛就围绕类似主题创作过作品(《力量-善良》)。

故事的症结显然在于学业。迪亚洛贝的酋长说:"如果我告诉他们去新式学校,他们会成群结队地去。……但是一边学,他们也会一边忘。他们学到的是否真的比忘掉的好?""……那里会扼杀他们身上的某些特质,那些我们热爱且精心培育的特质。"欧式学校会导致何种结果?"文明是装满答案的建筑。""幸福不随答案的总量变化,而随其分布变化。需要平衡……但西方已经着了魔,大家都在西化……""……他们如此沉迷于工具带来的收益,以至于完全忘记了工作场地是多么无边无际。"骑士因而总结说:"文明开化的人,不就是可以自由支配时间的人吗?"

年轻的图库洛尔人来到巴黎,询问笛卡尔,但"这些答案(比起帕斯卡尔)与我们的相关性更低,对我们的帮助也更少……在心灵信仰和身体健康之间做选择……因为无法抉择,我的祖国正在死去"。一个信仰马克思主义的朋友对此的回应是"拥有上帝不应该让人失去任何其他可能性"。但问题的关键是否在此?小说的主人公如此阐述自己的立场:"我不是边界清晰的迪亚洛贝,面对边境清晰的西方,头脑冷静地思考我能从对方那获取什么,对等又需要留下什么。我既是迪亚洛贝,又是西方。在选择导向的两个终点之间,没有清醒的头脑。只有奇特的本质,苦于不能两者皆得。"悲剧尤其在于:"我们可能会在旅途的终点被俘虏,被冒险本身征服。我们突然意识到,在整个行进过程中,我们都在自我变形,我们已经变成了另外的样子。有时候,变形没有完成,我们变成了'四不像',而且保持那种状态。于是我们躲起来,满心羞愧。""我选了一条最可能迷失自我的路。"

谢赫·阿米杜·卡纳写了一部沉重的小说,一部悲情的作品。他的故事没有让位于轻佻的异国风情,而是朴实无华,坚定又委婉,半隐半现,半明半昧。小说中的人物都是"典型",就像棋盘上的棋子:老师、酋长、骑士、疯子(还有那个作为非洲女性缩影的大皇姐)。小说始终没有偏离主题:没有任何插曲,主旋律看似居次,实则贯穿始终。尽管小说的主人公与作家谢赫·卡纳之间有不少显而易见的共同点,但这远非作者的自传,就像诸多非洲或东方现代小说一样。一个年轻的穆斯林,从《古兰经》学校进入西方现代生活,这样的作家作品有很多:例如用阿拉伯语写作的埃及作家塔哈·侯赛因(《日子》,1939)、黎巴嫩作家苏赫尔·伊德里斯、摩洛哥作家本·杰伦,用法语写作的德里斯·卡伊比(《简单的过往》),用塔吉克语写作的苏联作家萨德理金·艾尼(1950年获斯大林文学奖)。

这本书里的音符是不同的。一切都是颇勒文化的留存,追求纯粹,追求斯多葛主义。结尾没有希望,也是作者唯一能写的事实，表明了精神与信仰、生活与作品之间的深刻一致。这个大男孩微笑着，鲜活开放，拥有极强的领导力，知道如何超越矛盾，"从差异中丰富自身"。他代表身处十字路口的非洲，列奥波尔德·塞达·桑戈尔称之为"非洲黑人对全世界文明的贡献"。谢赫·阿米杜·卡纳功不可没，他用吉他演奏艾梅·塞泽尔的诗歌，同时伴以福塔的格里奥古老的吟唱。桑戈尔也许会说：赋予文本以节奏的，不正应该是黑人吗？

文森·蒙代

1961年2月，达喀尔

目 录

上部

/ 第一章

　　这天，提埃尔诺又打他了。可其实，桑巴·迪亚洛是会背这段经文的。

　　只不过他的舌头突然不听使唤了。就像异教徒在火狱①里走过滚烫的石板一样，提埃尔诺猛地跳起来。他用拇指和食指掐住桑巴·迪亚洛大腿上的嫩肉，掐住不放。小男孩痛得只能大口喘气，全身都开始颤抖。他的胸部剧烈起伏，他的咽喉不断吞咽，好不容易忍住了痛，没有哭出声来；刚才这段神圣的经文他没有背好，

_____

　　①火狱，亦译"炼狱"，与"天园""花园""天堂"相对，同为伊斯兰教六大信条之一。《古兰经》中指出，不信仰真主之人、多神崇拜者、贪恋今生享受之人、犯罪作恶之人、伪信者经过末日审判之后，都将堕入火狱，受酷刑之苦，永无逃出之日。——译者注。

现在他用破碎的气音重复了一遍，一字不差。老师却怒气更盛：

"啊！……这样你就能说对了？那刚才为什么说不对呢？……嗯……为什么？"

老师放开桑巴·迪亚洛腿上的嫩肉，转而捏起他的耳朵，用指甲狠狠地钳住耳朵上的软骨。小男孩尽管对这种体罚已经习以为常，却仍忍不住发出一声轻微的呻吟。

"再背一遍！……再来！……再来！……"

老师的指甲换了处地方，依然掐住耳朵的软骨。因为多次受罚，小男孩的耳朵伤痕累累，旧伤未愈，又被拉出血来。桑巴·迪亚洛嘴唇发干，嗓子像被堵住了一样，他浑身颤抖，因为疼痛而声音嘶哑，却仍努力抑制住自己，集中精力说对了这段经文。

"背诵真主的话必须准确无误……真主赐福，使你得以倾听真言。这些话出自宇宙的主宰。而你呢，不过是世间一粒可怜的尘埃，你有幸重复真主之言，却毫不用心，这是对真主之言的亵渎。应该把你的舌头剪掉一千遍……"

"是的……老师……饶了我吧……我保证不会再错了。你听……"

他浑身颤抖，喘着粗气，再一次重复了那句闪闪发光的经文。他的眼睛里流露出哀求，声音像濒死之人，瘦小的身躯紧张得潮热，心脏在怦怦狂跳。他为之受苦，却不懂这句经文的意思，只是喜爱其神秘与阴郁之美。这句经文与众不同。这是痛苦勾勒出的话，这是源自真主的话，这是奇迹，这是真主说过的奇迹。老师说得没错。背诵真主的话必须准确无误，唯有如此才能取悦真主。谁要是说得磕磕巴巴，就不配活在这世上……

孩子成功控制住肉体上的痛苦。他重复了这句经文，沉着，冷静，没有磕巴，就好像疼痛对他没有任何影响一样。

老师放开手里淌着血的耳朵。孩子瘦削的脸上没有一滴眼泪。他声音冷静，音调平稳。真主之言从他炽热的双唇中流淌出来，纯净而清澈。他的脑袋疼得沙沙作响。他在身体里感受到了整个世界，可见的与不可见的，他的过去与未来。这句诞生于痛苦的经文是世界的形状，是世界本身。

老师从旁边的火炉里取出一根燃烧的木柴拿在手上，一边看着孩子，一边听他背诵。手里的木柴是为了恐吓，但他的目光无法从这个孩子身上挪开，他全身心沉浸在男孩背诵的经文中。多么纯洁，多么神奇！这个孩子的的确确是真主赐予的礼物。老师一直致力于为真主奉献人类子孙的才智，这是何等荣耀的工作，四十年来，他从未遇到过像这个男孩一样的学生，无论从哪个方面看，这个男孩都无比适合向真主奉献灵魂。只要这个孩子一直与真主同在，那么他长大以后，必然会达到人类最伟大的境界，老师对此深信不疑。但相反地，一旦他失去本心……真主保佑，老师把这个可能性全力从脑海中驱赶出去。他紧盯着这个孩子，在心中简短地祈祷："主啊，请永远不要放弃这个孩子，他将成长为你的子民，哪怕只有一点，你的恩泽也不要停止照拂于他，无论何时……"

"主啊，"孩子高声背诵着经文，"真主之言不应有丝毫差错……"

燃烧的木柴烫焦了他的皮肤。灼伤使他跳了起来，痉挛似的抖了抖身上穿的单衣，走到离老师几步远的地方坐下，双腿交叉，垂眼望向手里的经文板①。他修正了口误，重新开始背诵经文。

"过来，坐这边！再胡思乱想背错经文，我就继续烧你……集中注意力，你能做到。跟我念一遍：主啊，请赐予我集中力。"

"主啊，请赐予我集中力……"

"再来一次……"

"主啊，请赐予我集中力……"

"现在，继续背吧。"

孩子颤抖着，无比柔顺，继续狂热地背诵这句闪闪发光的经文。他不断重复，直至可以无意识地背诵出来。

---

①经文板是儿童在《古兰经》学校学习经文的常用工具，一般是一块长方形的薄木板，四角圆润，上书经文。因为材质轻便适合移动，学生不仅会在宗教学校或老师家中使用，也可以经老师同意后在移动过程中学习经文。——译者注。

老师放心了，开始沉浸在自己的祈祷中。这个孩子知道早课要干什么。

老师一个手势，孩子就收起了经文板。但他没有动弹，只是愣愣地从侧面端详着老师的模样。这个男人上了年纪，身形瘦削，皮肤因常年苦修而显得毫无光泽。他从来不笑。只有沉浸在神秘的冥想中，或听到他人背诵真主之言时，他才会显得热情一些。那时他的身体会绷直，就像被一种内在力量从地面上抬起来一样。更多时候，主要是学生犯懒或犯错时，他会勃然大怒，动起手来出奇地残忍。但值得注意的是，他下狠手，是因为他关心那些犯了错的学生。对于越重视的学生，他动起手来越狠。无论是细棒还是燃烧的木柴，手边有什么，他都会抄起来惩罚学生。桑巴·迪亚洛记得有一天，老师暴跳如雷，把他甩到地上，疯了似的用脚踩他，就像有的野兽对待自己的猎物那样。

老师在许多方面都是个令人生畏的人。他的生命中只有两份工作：精神的修行与田里的劳作。田里的劳作，他只花最少的时间，仅仅够自己和家里人在没有学生孝敬的时候填饱肚子就行。剩下的时间，他全部用于修行、冥想、祈祷、教养托付给他的学生。他对这份工作的热情享誉整个迪亚洛贝①。许多《古兰经》学

---

① 迪亚洛贝，位于塞内加尔西北部塞内加尔河附近，是西非最大的两个富尔贝人族群——芭与迪亚洛——的聚居地，1878—1923年为发展鼎盛期。——译者注。

校①的老师不远千里定期来拜访他，离开时收获满满。迪亚洛贝一些最尊贵的家族互相争夺将孩子送给他教养的资格。通常，老师愿不愿收，要等他见到学生才会决定。当他拒绝时，没有任何外力能逼迫他改变主意。但有时，他会第一眼看到一个孩子，就要求收其为徒。桑巴·迪亚洛就是如此。

两年前，男孩跟着父亲经过漫长的跋涉，途经迪亚洛贝的一些首府，沿河回到家乡。船靠岸以后，一大群人赶来男孩的父亲所住的小屋，争先恐后地向迪亚洛贝的继承人致意。男孩父亲的行政职务使他在相当长的一段时期内都远离故土。

老师来的时候已经是最后一批拜访者了。当他走进小屋时，桑巴·迪亚洛的父亲坐在一张扶手椅上，男孩则坐在父亲的膝盖上。房间里还有两个人：区学校的校长和桑巴·迪亚洛的堂兄，后者也是这个地区的酋长。老师一进门，三个大人都站了起来。桑巴·迪亚洛的父亲抓住老师的胳膊，迫使他坐在自己刚才坐过的扶手椅上。

———————————

① 《古兰经》学校，又称"宗教学校"或"经文学校"。在信仰伊斯兰教的地区，在六七岁时，所有的男孩都进《古兰经》学校学习（有钱人家的子女由家庭教师教育）。学校通常是在清真寺内，或在老师家中，一般不要学费，即使收也很少。老师教导学生认识基本的《古兰经》文，以及《古兰经》本身所涉及的神学历史、教仪和教规。学生每天都要熟读一段《古兰经》，并高声背诵。熟记《古兰经》是学生的根本目标。——译者注。

老师、区学校的校长和酋长聊了很久，话题五花八门，但时不时都会回到同一个主题：信仰与真主的极致荣光。

"校长先生，"老师说，"您让我们的孩子离开阿登学校①，去你们那儿，是要教他们些什么好东西呢？"

"什么也不教，尊敬的老师……或者说几乎不教。学校仅仅教会孩子把一块木头和另一块木头连接起来……用来建造木头房子……"

"学校"这个单词的发音在本地语中意为"木头"。在说起外国学校时，这是本地人常开的双关语玩笑。三人为此心照不宣地笑起来，神情中带有轻微的鄙夷。

"人要学会建造经得起时间考验的房子，这是理所当然的。"老师说。

"是的，对于那些在外国人到来之前不知道如何盖房子的人来说，尤其如此。"

"您呢，迪亚洛贝酋长，您是否排斥把你们的孩子送去外国学校？"

"除非不得已，否则我将坚持拒绝，老师，真主保佑。"

"我同意您的观点，酋长，"校长说，"我让我的儿子去上学，

---

① 阿登学校，文中"老师"所在的《古兰经》学校的名称。——译者注。

是因为我别无选择。我们去学校，都是迫于无奈。如果有选择，我们也肯定会拒绝……但是这个问题令人不安。我们拒绝学校，是为了保持自我，维护真主在心中的地位。但我们有足够的力量抵制学校，有足够的资本保持自我吗？"

三人陷入深深的沉默。桑巴·迪亚洛的父亲此前一直在沉思，现在终于打破沉默开始说话。像往常一样，他的语速很慢。他注视着地面，仿佛在自言自语。

"可以肯定的是，学校能满足需求，这是最具侵略性的一点。因为他们，我们一无所有……他们也由此控制了我们。想要生存，想要保持自我，就必须妥协。那些铁匠和伐木工在世界各地战无不胜，他们的武器使我们不得不遵从他们的律法。如果只涉及我们自己，只是有关我们本质的留存，问题就不会那么复杂了：若知道无法战胜他们，我们会选择消失而不是屈服。但是，我们是世界上最后一批知感真主、崇尚真主唯一的人……该如何拯救真主？当手无力时，精神就面临重重危机，因为精神是由手来保卫的。"

"是的，"校长说，"但当手太过强壮时，精神也同样面临重重危机。"

老师从思绪中回神，慢慢抬起头，看着面前三人。

"也许这样更好？如果真主让他们战胜我们，那么显然，我们这些狂热的信徒，我们冒犯了真主。长久以来，真主的信徒统治世界。他们是否遵从了真主的律法？我不知道……我听说在白人的国家，对苦难的反抗与对真主的反抗混合在一起。据说这种运动正在蔓延，很快，在世界各地，反对苦难的疾呼会盖过穆安津①的声音。如果在真主信徒统治世界的末期，真主之名激起挨饿者的怨恨，这难道不是他们的过错吗？"

"老师，您的话太可怕了。愿真主保佑……"桑巴·迪亚洛的父亲沉默了一会，说，"那应该把我们的孩子送去他们的学校吗？"

"要教孩子们如何把木头连接在一起，他们的学校肯定做得更好，人必须学会建造经得起时间考验的房子。"

"即使牺牲真主？"

"我也知道必须拯救真主。要为大家盖牢固的房子，也要在这些房子里拯救真主。这个我知道。但不要问我明天早上该做什么，因为我不知道。"

对话就这样继续，阴郁又枯燥，偶尔陷入沉默。迪亚洛贝就像困在火场中的纯种马，无助地来回打转。

老师专注的目光几次静悄悄地停驻在桑巴·迪亚洛身上。他指着孩子问他父亲：

---

① 穆安津亦称"三掌教"或"赞礼"，是清真寺的宣礼员。——译者注。

"他多大了？"

"六岁。"

"再过一年，根据律法，他就要踏上寻找真主之路。我愿意成为他这条路上的向导，您愿意吗？我相信，您的儿子是迪亚洛贝未来宗教老师的种子。"

一阵沉默过后，他补充说：

"迪亚洛贝的宗教老师也会是这片大陆三分之一的人选择的老师，将同时在真主之道与人类事务上担任向导。"

三人聚在一起商量片刻。男孩的父亲回答：

"真主保佑，老师，我把儿子托付给您。我会回去帮他准备，等明年他足岁以后，我就把他给您送来。"

第二年，桑巴·迪亚洛被母亲如约送到老师家里。从那一刻起，直到完成《古兰经》学校的学业，他的身体和灵魂都属于老师，而不再属于他的家人。

"愿真主保佑平安日夜伴随本宅。可怜的学徒在乞讨每日糊口之粮。"

桑巴·迪亚洛用颤音哀叹着说，他的三个同伴又重复了一遍。迪亚洛贝酋长的住所宽敞大气，四个少年站在门口，衣衫单薄，在清晨的习习凉风中瑟瑟发抖。

"真主的子民啊，死亡转瞬即至。醒醒吧，醒醒吧！死亡天使亚兹拉尔①已经劈开大地，向你奔来。他会在意想不到的时刻出现

---

① 亚兹拉尔（Azrael、Azrail、Ashiriel、Azriel 等），伊斯兰教的死亡天使。据伊斯兰教教义，亚兹拉尔将世间所有人的名字都写在神座后生命之树的叶子上，当一个人将死时，写着他的名字的叶片即枯落，当亚兹拉尔拾起念出名字后，这个人在四十天后就会死亡。——译者注。

在你脚下。真主的子民啊，死亡不像我们以为的那般狡诈，出现在我们毫无准备的时刻，仿佛会隐身术，降临之时，无人生还。"

其他三个少年齐声道：

"今天，谁能为可怜的学徒提供食物？我们的父亲还活着，我们却像孤儿一般乞讨。①以真主之名，给点吃的吧，我们为传播真主的荣光而乞讨。梦乡中的人啊，行行好，可怜可怜我们这些路过的学徒吧！"

三人停下来，桑巴·迪亚洛独自一人继续：

"真主的子民啊，死亡不是黑夜，在无声无息间，用阴暗浸染夏日纯净而活泼的炙热。死亡会提前警示，然后在理智的正午收割生命。"

三名同伴又齐声说：

"梦乡中的男女啊，你们的善行会使自己未来的墓所不再孤单。施舍给可怜的学徒一些吃的吧！"

"真主的子民啊，请注意，"桑巴·迪亚洛继续说，"我们的死

---

① 伊斯兰教提倡乐善好施，包括法定履行的施舍与自愿出散的施舍。这种习俗在西非演变为每日对穷人的施舍，甚至催生出以此为生的乞丐。塞内加尔作家阿米娜塔·索·法尔的《乞丐罢乞》就描写了一个乞丐通过集体拒绝接受施舍，来迫使城市领导人更改决议的荒诞故事。《古兰经》学校几乎不收学费，也无专项餐饮资金，因此学生必须每日出门乞讨三餐。由于没有收入，部分《古兰经》学校老师甚至会派学生出去乞讨钱财。——译者注。

亡会无比清醒，因为死亡是获胜的暴力，是无法避开的否定。愿你们的精神从此刻开始熟悉死亡。"

清晨的寒风中，桑巴·迪亚洛站在迪亚洛贝的酋长，也是他的堂兄门前，即兴编了一串连祷文，由他的同伴高声唱和。孩子们就像这样挨家挨户敲门乞讨，直到他们要到足够当日充饥的食物。第二天，同样的乞讨又一次开始，因为追寻真主之路的学徒只能乞讨为食，无论其父母拥有多少财富。

酋长家的门终于打开了。一个年轻女孩出现在门口，这是酋长家的女孩。她对桑巴·迪亚洛笑了笑，男孩却神情淡漠，无动于衷。女孩将一个大盘子放在地上，里面装着家里前一天的剩饭菜。四人蹲下来，在飞扬的尘土中，开始这一天的第一顿饭。吃饱以后，他们小心翼翼地将剩下的饭菜装到乞讨用的木碗里。桑巴·迪亚洛用食指把盘子刮了一遍，把指尖的食物送进嘴里。他站起来，将盘子递给女孩。

"谢谢，桑巴·迪亚洛。祝你拥有美好的一天。"她笑着说。

桑巴·迪亚洛没有回答。他总是这样，沉默寡言，像个悲剧人物一样，玛利亚姆已经习惯了。她转过身后，邓巴——桑巴·迪亚洛团队四个伙伴中年纪最大的一个——弹了一下舌，放声大笑，嘴里有些不干不净：

"要是我有一个堂妹，酒窝如此迷人……"

他没说完，因为桑巴·迪亚洛停下走向栅栏门的脚步，转身静静地看着他。

"听着，桑巴·迪亚洛，"邓巴说，"我知道，没有你的话，我当天乞讨所得的食物会大大减少。全国的学徒中，没有人能像你这样，用如此健康有益的话术，借死亡天使亚兹拉尔，在老实人心中激发出如此正面的恐惧，从他们自私自利的本性中挖取我们赖以生存的施舍。特别是今天早上，你表现出无与伦比的悲剧性。我承认，我都差点要剥掉自己身上的烂衣裳献给你了。"

其他伙伴跟着笑起来。

"那又怎样？"桑巴·迪亚洛问，声音中充满克制。

"那又怎样？你是所有学徒中最厉害的，可也是最阴沉的。有人给你吃的，朝你微笑，你却还是一副苦大仇深的样子……而且，你也开不起玩笑……"

"邓巴，我跟你说过，没人把你强留在我身边。你要跟别人一起乞讨，一点问题都没有……我不会怪你。"

"多么宽宏大量啊，朋友们！"邓巴语气嘲讽，对其他学徒高声道，"多么宽宏大量！即便他要撵走我，也要说得高尚无比……走吧，他对我说，离开我。如果你饿死了，我不会怪你。"

学徒们笑得越发大声。

"行吧，行吧，"邓巴接着说，"就这么定了，伟大的酋长，遵从你的指示。"

桑巴·迪亚洛浑身发颤。毫无疑问，邓巴是在故意挑事。所
有学徒都知道，他有多么不喜欢别人拿他的贵族血统说事。没错，
在老师主持的学校里，他是出身最好的。在迪亚洛贝，没人能让
他忽略自己的出身。像今早一样，他每天都要挨家挨户乞讨食物，
每户人家，不管殷实还是困苦，都会在施舍残羹冷炙时向他致意。
尽管衣衫褴褛，但他们都能认出这是未来迪亚洛贝首领的一员，
他们会用手势或神情向他致敬。他尊贵的出身不是他害怕承担的
重责，而是像一顶无比沉重、无比显眼的王冠，压得他喘不过气
来。他的出身还会导致某种不公平。他当然想要尊贵，但应该是
更审慎、更真实的尊贵，不是既得的，而是自己辛苦赢取的尊贵，
相较世俗层面，更是精神层面的尊贵。通过练习，他努力变得谦
卑与简朴，是为了能毫不惭愧地宣称，自己与同伴学徒保持一致。
但这丝毫没有奏效。相反，他的伙伴们似乎对他不满，在他们面
前，他几乎被视作骄傲的化身。尽管他身上穿的衣服肮脏破旧，
但每一天，伙伴们还是能注意到他举手投足的尊贵与优雅。有时，
伙伴们甚至抱怨他自然而然的慷慨之举，或指责他过分坦率。他
越注意自己的举止，伙伴们不满的地方越多，他因此怒不可遏。

他队里的伙伴至少坚持到现在，没有对他恶言相向。尽管他
们的真实想法很可能和别人一样，但只要他们没开口，他就因此

心怀感激。他知道邓巴尤其嫉妒他。这个农民的儿子坚毅又固执，怀揣着少年人的雄心，生机勃勃，不愿妥协。桑巴·迪亚洛心想："但至少，在今天以前，邓巴一直保持沉默。为什么今天早上他非得要和我吵架呢？"

"伙计们，你们说，在学校不同的乞讨小队里，还有哪个人值得我跟随？因为我被桑巴·迪亚洛辞退了，我得好好选人，避免更大的损失啊。我们来看看……"

"闭嘴，邓巴，我求你了，闭嘴。"桑巴·迪亚洛喊道。

"我们来看看，"邓巴不为所动，继续说，"当然，不管选择跟谁一队，没有人比得上桑巴·迪亚洛的诅咒艺术。听好了，因为他不光是血脉的王子！他什么都要！他还是精神的王子！而且伟大的老师自己也知道这一点。你们注意到没？老师偏心桑巴·迪亚洛。"

"你在说谎！闭嘴，邓巴，你知道你在说谎！老师没有偏心我，而且……"

他话没说完，就停了下来，只是耸了耸肩。

他距离邓巴仅几步之遥。两个少年人几乎一般高。桑巴·迪亚洛看上去偏瘦长，神情紧张，身体重心时不时从一只脚换到另一只脚上，似乎失去了耐心。邓巴则更胖一些，脸色平静，一动不动。

桑巴·迪亚洛徐徐转身，重新往栅栏门的方向走，离开了酋长家。走在小巷里，他感觉到伙伴们都慢慢跟在他身后。

"他什么都有，就缺一点，勇气，他是个胆小鬼。"

桑巴·迪亚洛停下来，把手里的木碗放在地上，转身向邓巴走去。

"我不想和你打架，邓贝尔。"他开口说。

"不，"对方大喊，"别叫我邓贝尔，我们没那么熟。"

"行吧，邓巴。但我真的不想和你打架。要么走，要么留，这个话题就此为止。"

桑巴·迪亚洛一边说，一边小心翼翼地控制自己，他全身都在颤抖，鼻息间似乎嗅到了灌木之火的气味。

"要么走，要么留。"他慢慢地重复了一遍，像在梦中一样。

他再一次转身，背对邓巴，准备走开。这时，他的脚碰到了一个障碍物，就像设在他跟前的陷阱。他直直地倒在地上。有人——他不知道是谁——给他来了一记勾脚。

他爬起来，在场的人似乎谁也没动过，但他眼里只能看到一个身影，还是一动不动，那是邓巴，是他的身体和他的理智唯一能瞄准的目标。他几乎失去了对外界的意识，只隐约感觉自己的身体就像公羊一样，猛扑到这个目标上，两具躯体纠缠着滚到地上，他身下有什么东西在喘着粗气挣扎，他拳如雨下。他的身体不再颤抖，而是在卷曲，在伸展，异常柔软，将目标打倒在地。他的身体不再颤抖，只有一记又一记的拳头，混合成美妙的节奏，每挥出一下，身体的暴戾就平静一分，笼罩在迷雾中的理智也更清醒一分。在他身下，目标在挣扎，在喘气，或许也在回击，他什么也感受不到，只知道他的身体牢牢控制住了目标，他挥出的一记记拳头平息身体的暴戾，使理智回归。突然，目标不动了，理智完全回归。桑巴·迪亚洛感觉周围鸦雀无声，两只强壮的手臂抓住他，试图让他放手。

他抬起头，看到了一张高傲庄严的女性脸庞，头上包着轻薄的白色头巾。

人们尊称她为"大皇姐"。她六十岁了，但看上去顶多只有四十岁。她全身上下只有脸露在外面。她穿着宽大的蓝色传统大袍，一直拖到地上，只在行走时露出金黄色便鞋的尖头。薄纱头巾环绕脖子，遮住头部，从下巴处穿过，垂在左肩上。大皇姐身材高大，很可能有一米八，尽管上了年纪，魅力却丝毫不减。

白色的薄纱头巾紧紧包裹着轮廓饱满的椭圆形脸庞。桑巴·迪亚洛第一次见到这张脸，就深深为之着迷，仿佛看到了迪亚洛贝生动的历史。这片土地上具有史诗传统的一切，他都能在她脸上读到。她的脸轮廓偏长，沿着略呈钩状的鼻子的轴线延伸。她的嘴唇厚而结实，恰到好处。她的目光炯炯有神，为这张脸庞增添了威严的光芒。其他一切都消失在头巾下，头巾比发型更具象征意义。伊斯兰教掩盖了这副躯体令人生畏的庄严之感，正如头巾紧裹住脸庞一样。在眼睛和脸颊周围，在整张脸上，我们能看到青春与活力的记忆，也能看到猛然侵入其中的严厉与肃穆。

大皇姐是迪亚洛贝酋长的姐姐。人们都说，比起她弟弟来，百姓更害怕姐姐。即便她已经停止了无休无止的骑马巡视，她的高大身影仍印刻在北方部落的记忆里，使这些以高傲著称的民族臣服。迪亚洛贝酋长天性更为平和。遇到问题，酋长更愿意呼吁理解，他的姐姐则以威严快刀斩乱麻。

她常说："我的弟弟不是王子，他是智者。"抑或是："君王绝不应白日说理，百姓亦不能夜见君王。"

她以威严与坚决安抚北方，以非凡的人格魅力使部落臣服，从而愈加声名远播。"大皇姐"的称号就是北方部落给她起的。

学徒们呆若木鸡，鸦雀无声。她对桑巴·迪亚洛说：

"我已经警告过你那失去理智的父亲，你的归属不在《古兰经》学校。你不是像个野蛮人一样在打架，就是在用对生命的诅咒恐吓大家。老师在扼杀你的生命力。我要结束这一切。去家里等我……"

说完，她走了。学徒们一哄而散。

晚上，老师看到桑巴·迪亚洛回来时，脸上都是淤青，身上却焕然一新，他勃然大怒。

"过来，"老师大老远一看到他，就唤他，"过来，酋长之子，我发誓要将迪亚洛贝的骄傲自大从你身上驱除。"

他把学徒身上的新衣服捋到腰间，怒气冲天地抽打他，久久没有停歇。桑巴·迪亚洛毫无生气地默默忍受着狂风暴雨。随后，老师叫来学校里最穷困、穿得最破烂的学徒，让他把旧衣服脱下来，换上桑巴·迪亚洛的新衣服。学徒喜出望外，桑巴·迪亚洛面无表情地换上了同伴的旧衣服。

所有学徒都回来了。每个人都拿起经文板，围成一个圈，坐在自己的位置上。老师坐在正中间，听着周围稚嫩的声音有节奏地背诵着经文，都是劝人向善的内容，声音汇聚在一起，十分响亮。他注视着桑巴·迪亚洛。

他很满意这个男孩，除了一点。老人尖锐的目光直视少年人，在他看来，如果不尽早教育这个男孩，他就会给迪亚洛贝的王室带来灾难，并由此给整个迪亚洛贝带来灾难。老师深信，对真主的敬拜与对人的颂扬，两者不可兼容。一切贵族身份都是某种形式的异教，是对人的颂扬。而信仰即使不要求屈辱，也首先意味着谦卑。除了对真主的敬拜外，人没有任何理由颂扬自己。尽管他如此否定对人的颂扬，但他对桑巴·迪亚洛的喜爱超越了以往任何一个学徒。他之所以对男孩如此严厉，是因为他试图使男孩摆脱所有道德上的软弱，将他变成自己漫长的教育生涯中最杰出的作品。他教导过一代又一代的少年，也知道自己已经离死神不远。但他同时也感到，在来自海那边的异域人的侵袭下，迪亚洛贝正渐渐死去。在离开尘世之前，老师试图留给迪亚洛贝一个救世主，就像伟大的历史曾经见证的那样。

老师陷入回忆。在他年轻的时候，来自大家族的孩子——他自己就是——少年时都远离出身的贵族环境，在百姓中隐姓埋名，靠百姓的施舍穷苦度日。

多年与书本和百姓为伴的学徒生涯结束时，他们变得学识渊博，体恤民生，身经百战，头脑清醒。

老师久久地沉思。在他的回忆中，国家以真主为信仰，以传统为坚守。但这样的时光已经一去不复返了，想到这，他猛然回神。

那天晚上，老师在小屋边静静地祈祷，突然感觉身边来了人。他抬起头，看到一张高傲庄严的女性脸庞，头上包着轻薄的白色头巾。

"迪亚洛贝的老师啊，家宅是否平安？"

"感谢真主赐福，大皇姐。家宅是否平安？"

"感谢真主赐福。"

她在三步远的地方脱了鞋，坐在老师示意的毯子上。

"老师，我来看您，是想跟您谈谈桑巴·迪亚洛的事。今天早上，我听到了他即兴编的那些连祷文。"

"我也听到了。优美而深刻。"

"可我吓坏了。我知道，提及死亡能让信徒保持清醒，由此在我们心中种下的焦虑是真主的仁慈。我也知道，真主慷慨将智慧赐予我年轻的堂弟，我应该为此感到无比骄傲。"

"没错，"老师慢吞吞地回答，就像在自言自语，"他不是那些愚蠢的学徒，某天晨祷时突然惊醒，心中饱含仰慕，又满是恐惧。"

"可是我很担心，老师。他说起死亡的时候，一点也不像个孩子。我知道您疼爱这个学徒，我谦卑地请求您，在您的教导事业中，多考虑他的年纪。"

说完，大皇姐保持沉默。老师久久没有回话。他终于开口，却是提了个问题：

"大皇姐，您还记得您的父亲吗？"

"记得，老师。"她回答得很简短，因这样突兀的问题感到诧异。

"没我记得多，我比您认识他要早得多，我一直都在他身边。您还记得他临死前的安排吗？"

"我当然记得。"

"还是没我记得多，因为是我为临终者祈祷，将他送入墓地。请允许我今晚提一提往事，这和我们刚才的话题息息相关。"

老师沉默片刻，继续说：

"他独自忍受了很长一段时间的痛苦，没有任何人察觉，因为他看上去一切如常。一天，他让人叫我过去。我出现时，他像往常一样和我打招呼、聊天，然后他站起身，打开一个行李箱，从里面取出一块棉布。他对我说：'这将是我的裹尸布，我想向您请教，如何按照仪式裁剪布料。'我下意识要反驳，但我看到他的眼神中，只有宁静与严肃，就默默吞下了那些无用的话。直到今天，我依然庆幸自己没有把话说出口，在这个全身心控制住死亡的男人面前，任何劝慰的言语都是空洞可笑的。我听从他的指示，告诉他《古兰经》上的规定。他亲手裁剪了他的裹尸布。之后，他让我陪他去后院，在他自己还在场的情况下，要我告诉他的奴隶姆巴耶，葬礼时冲洗亡者的步骤和细节。然后我们回到他的房间，聊了很久，好像痛苦并没有在折磨他的身体一样。我起身离开时，他请求我在注定时刻来临之时，过来提供我的帮助。

两天后，他派人来找我。我到的时候，屋子里满满当当都是人，大家都沉默不语，既惊愕又难过。您的父亲躺在他房间里的一张地毯上，边上围着许多人。这是他唯一一次没有起身迎接我的到访。他微笑着向我致意，说他把亲朋好友都叫到家里来了，要我代表他向他们提问。'在临死之前，我请求他们告诉我，我是否亏欠他们？或是否忘了补偿？如果有人曾因我遭遇不公，请告诉我，我将当众道歉。我请求所有人原谅我可能犯下的错误，以及我作为迪亚洛贝酋长的失职之处。请大家快些，我等着。''大家原谅我了吗？'我一回到房间，他就迫不及待发问，所有人都能看清他脸上的焦灼神色。我回答说所有人都原谅他了。同样的问题，他重复问了我三遍。然后，他似乎恢复了些许气力，问候起他身边的人来。他紧紧握住我的手臂，也让我紧紧回握他的手臂，他嘴里呢喃着真主的名字，咽下了最后一口气。大皇姐，您的父亲是个真正的酋长，他向我这个《古兰经》的阐释者展示了迎接死亡最正确的方式。我想把这种恩德传递给他的小侄子。"

"我尊敬我的父亲，也尊敬您对他的回忆。但我相信，是时候教导我们的子孙如何生活了。我有预感，在他们要面对的这个活人的世界，死亡的价值将被贬损。"

"不会的，女士。这些终极价值将伴随最后一个人类入眠。您认为我在伤害您年轻堂弟的生命力，便来向我问责。可这项任务对我来说，既不愉快，也不轻松。我请求您别考验我，试图让我亲手打碎刚刚在他身上锻造出的坚定。我向您保证，用慈爱的手刻下深深的伤痕之后，这个孩子不会再受伤。您会看到，他将以怎样的气度来统领生命与死亡。"

寂静的小屋中，只有老师独自站着。学徒们都已经伴随着暮色出门，去乞讨他们的晚餐。听不到任何动静，只有老师头顶上传来的簌簌声，那是燕子在茅草屋顶被烟熏黑的板条间移动。老师慢慢地站起来。他全身的关节都因风湿病而嘎吱作响，中间还混合着老人勉力起身时发出的呻吟。尽管这一时刻是庄严的——他起身是为了祈祷——但老师心底却抑制不住想笑，因为他这副躯体可怜又可笑，几乎在抗拒祈祷。"你要起来，要祈祷，"他对自己说，"你的呻吟，你关节的响声，这些都无关紧要。"这一场景正变得日常。老师在衰老。每一天，他的身体都比前一天更不愿站起来，这实在让人懊恼。例如，老师已经完全不指望双脚的关节了，它们早就不按主人的意愿行事。

　　他决心无视这些不听话的身体部位，他的膝弯又干又僵，就像学徒们扔到火堆里的枯枝一样。因此，他的步履蹒跚古怪，走起路来就像鸭子一样摇摇摆摆。老师同样决心无视每次弯腰或直起身来时，腰部传来的剧痛。虽然膝盖和手肘的关节也会不礼貌地嘎吱作响，但好歹还能正常运作。矛盾的是，身体所有的反叛和痛苦在老师心中激发一种愉悦，他对此十分困惑。痛苦使他直不起身来，他却忍俊不禁，仿佛他的灵魂能脱离这副躯体，观察其可笑的模样。老师面朝东方，高举双手，准备祈祷。想到这里，他突然停下来，陷入怀疑。这种内心的发笑是否亵渎了真主？"也许是某种错误的虚荣心使我膨胀至此，"他思考片刻，"不，我的笑充满温情。我笑是因为我的老伙计在恶作剧，把自己的关节弄得嘎吱作响。但它的意志是前所未有的坚定。我相信即便它躺在地上，完全起不来了，它的意志也仍将坚定。它会祈祷的，我爱我的老伙计，开始吧。"他恢复平静，收敛心神，开始祈祷。

　　传信人过来时，老师没看见他，只听到身后传来的声音：

　　"伟大的老师，酋长希望您能拨冗莅临本舍。"

　　老师此时正在脑海中凝视顶点，只能缓缓回神，似乎颇为遗憾。说实话，他的思绪飘得很远。

　　"只要我的身体还能动，我就一定会听从他的召唤。如果真主意欲，告诉他我会跟您回去。"

老师走进酋长的房间时，发现他还在祈祷，便坐到地毯上，掏出念珠等待祈祷结束。

熏香的气味从白色大床上逸出，微微笼罩住防风灯发出的光芒。房间里的一切都干净又纯洁。酋长穿着一身宽大的白色长袍跪坐着，面朝东方，一动不动。他的祈祷可能马上就要结束了。老师也不动了，他的思想此刻与酋长的思想连通，他在心中也许是第一百万次默念作证言①："我作证，万物非主，唯有真主；我作证，穆罕默德，主之使者……"

酋长确实如他所料，完成了祈祷。他面向老师，伸出双手向他打招呼，持续了很长时间。

"如果您没有在某一天明确禁止，那么我回应您的召唤，既是荣幸，也是责任。我记得您曾经说过：'对你们，对世上的诸多君王而言，稳定既是特权，也是责任。'

"确实，您是基石，也是依靠。迪亚洛贝的酋长，感受一下吧。一个人是否有权独占本应属于所有人的事物呢？我不认为如此。如果基石移动了，人们该何去何从？

"他们不得而知。

---

① 作证言，又称"清真言"，全文为"我作证：除真主之外绝无应受崇拜的主宰，他独一无二；我又作证：穆罕默德是真主的仆人和使者。"又译"万物非主，唯有真主，穆罕默德，主之使者。"——译者注。

"依靠同样如此，您的出现使人们安心。"

两个男人本质相似，都是迪亚洛贝举足轻重的人，他们又一次感受到对彼此的深深敬意。

"老师，我是不是一块足够坚固的基石，一个足够稳定的依靠?"

"您是。"

"那么，我就是权威。我在何处，大地就屈服于我的重量而裂开。我嵌入大地，人们就随我而至。老师，人们相信我是高山。"

"您是。"

"我是个可怜的玩意，颤抖却不自知。"

"没错，您也是。"

"越来越多的人来找我。我该怎么跟他们说?"

老师知道酋长要跟他谈什么。这个话题，两人已经讨论过上千遍。迪亚洛贝的百姓想要学习如何"更好地把一块木头和另一块木头连接起来"。大多数人的选择都与老师的选择相反。老师无视关节的僵硬，无视腰部的剧痛，无视小屋的简陋，在祈祷时，他能忘却所有，每一刻的思绪都带着快乐飞扬。但迪亚洛贝的百姓却越来越担心自己的房屋会坍塌，自己的身体会伛偻。他们想要更多的重量。

重量! 一想到这个词，老师就不由发颤。他到处都能遇到重量。他想祈祷时，重量与他作对，每日的烦心事是一副重担，使他不能时刻投身于对真主的赞美；跪下祈祷以后，他的身体变得越来越僵硬，似乎失去了生气，他只能凭意志起身。还有其他方面的重量，就像魔鬼一样，能伪装成各种模样：学徒的分心，年轻人幻想中发光的仙境，如此多重量的实体，使人狂热，使人流连人世，远离真理。

"告诉他们，他们都是葫芦。"

老师克制住笑意。思想的恶作剧通常使他感到愉快。酋长等待着后续解释，他已经习惯了尊者跳跃的思维。

老师终于开口解释道："葫芦本质上很有趣。年幼时，葫芦只有一个使命，就是像追求者一般，尽可能增加重量，靠近大地。葫芦越大就越圆满。然后某一天，一切都变了。葫芦要飞走，要尽可能变轻、消失。当一阵风吹过，葫芦的幸福就在于它的空虚，在于它对风声的回应。无论哪种情况，葫芦都没错。"

"老师，迪亚洛贝的葫芦在哪里呢?"

"这得问种菜的人，我可不知道。"

酋长沉默片刻。

"如果我告诉他们去新式学校，他们会成群结队地去。他们会学习所有把一块木头和另一块木头连接起来的方法，那些我们以前不会的方法。但是一边学，他们也会一边忘。他们学到的是否真的比忘掉的好？我想要问您：我们能学此而不忘彼吗？我们学到的真的比忘掉的好吗？"

"在《古兰经》学校，我们教导孩子们真主的存在。让他们忘掉的，是他们自己的存在，是他们的肉体，是对空想的徒劳追求。如果不让他们及时忘却空想，随着年龄的增长，他们的头脑会无法呼吸。因此，他们学到的要比他们忘掉的好得多。"

"如果我告诉迪亚洛贝的子民不要去新式学校，他们就不会去。他们的房屋会破败倒塌，他们的孩子会死去或沦为奴隶。苦难将蔓延全境，百姓会心生怨恨。"

"苦难是真主在人世间的宿敌。"

"可是，老师，如果我没理解错的话，苦难也意味着重量的缺失，本质的缺失。如何教导迪亚洛贝的百姓关于技艺的知识、武器的使用、财富的获取、身体的健康，而不同时加重他们的负担呢？"

"把重量给他们，我的弟弟。否则我敢断定，迪亚洛贝的死亡会多过新生，并且很快将不见人影，不闻人声。老师，您也不例外，你们的《古兰经》学校都将消失。"

说这话的是大皇姐，她走进来，没发出一点声响。和往常一样，她在固定时间来看望酋长弟弟。她把尖头鞋脱在门后，走到毯子上坐下来，面朝两人。

"很高兴今天能看到您，老师。也许今晚我们能把问题整理好。"

"我觉得不行，女士。我们的路彼此平行向前，无法弯曲。"

"确实，老师。对迪亚洛贝来说，我的弟弟是活着的心脏，而您是活着的信仰。如果让您留在阴影中，留在阿登学校，只负责教授，那么没有人，我敢断定，没有人能给迪亚洛贝带来幸福。您的住所是全境最破旧的，您的身体是最瘦削的，您的外表是最孱弱的。但是在迪亚洛贝，没有人能与您的威望匹敌。"

女人说话时，老师感到恐惧慢慢席卷全身。她所说的，他从不敢对自己清楚地承认，但他知道这是事实。

人总是想要先知免除自己的缺点。但为什么选择他呢？他甚至不知道自己该如何应对。他又想起了此前在严肃的祈祷时刻，他内心滋生的笑意。"我甚至不知道为什么会想笑。是不是因为我的精神战胜了我的肉体，我就以为这能取悦真主？或者这纯粹是出于虚荣心？我不知道如何判断。我都不认识自己了……我不认识自己了，可大家选择注视着我！大家的确注视着我。不幸的人窥视着我，就像变色龙一样，随着我的色调变色。可我不想这样，我不想这样！我要抹黑自己。如果真主意欲，我要犯下可耻的错，告诉大家我究竟是怎样的人。是的……"

"我的弟弟，没有《古兰经》学校的光明，就没有迪亚洛贝的幸福，不是吗？伟大的老师，您很清楚自己是无法推却的。"

"女士，真主指定我们的先知穆罕默德（愿主福安之）为最后的使者，来完成崇高的使命。最后的使者向我们传达了最后的启示，一切尽在其中。只有失去理智的人还在等待。"

"还有穷人、病人、奴隶。我的弟弟，告诉老师，迪亚洛贝在等待他接受。"

"在您来之前，我对老师说：'我是个可怜的玩意，颤抖却不自知。'这种缓慢的眩晕带着我的领土和我一起旋转，是否会有宁日？大皇姐，告诉我您的选择比眩晕更好，会治好我们，不会反而加速我们的衰亡。您很强大，整个迪亚洛贝都栖息在您的辽阔羽翼之下。告诉我您相信什么。"

"我没有答案。我只是简单描画出了我不想要的未来场景。一百年前的一天，我们的祖父和这里的居民一样，被河上传来的喧哗声惊醒。他带走了他的枪，还有整支精英护卫队，冲着闯入者奔去。他的心勇敢无畏，看重自由更甚生命。我们的祖父和他的精英护卫队被打败了。为什么？怎么会？只有闯入者知道。我们得向他们要答案，得去他们那学习无理也能赢的艺术。况且，战斗还未停止。闯入者创办的外国学校是战争的新形式，我们应该先把精英派过去，再看是否要在全境推行。派精英打头阵是最合适的。如果有风险，精英们能做最周全的准备，因为他们最忠于自身的血脉。如果有益处，也应该由精英最先获得。这就是我想跟您说的，我的弟弟。既然老师也在，我想补充一句。如果我们决心将贵族青少年送去外国学校，那只能从我们自己的孩子开始。我的弟弟，我想您的孩子，还有我们的堂弟桑巴·迪亚洛，必须打头阵。"

听到这些话，老师的心奇怪地一紧。

"主啊，难道我对这个孩子有偏爱？也就是说，我在学校里有偏爱的孩子……倘若如此，主啊，原谅我。就这样，他们还注视着我，想要我指明方向。"

"桑巴·迪亚洛是你们的孩子，只要你们有所愿，我就把他还回来。"

说这句话的时候，老师的声音微微嘶哑了。

"不管怎样，"酋长说，"这是另一个问题。"

桑巴·迪亚洛隐约感觉这个问题十分重要，而自己身处问题的中心。他常看到大皇姐独自一人站着，对抗围绕在老师身边的迪亚洛贝王室男性。她最后总能获胜，因为没有人敢一直顶撞她。她是长者。大皇姐几乎用武力带走了桑巴·迪亚洛，把他留在自己家里，将所有酋长急遣来的信使都打发走。她把桑巴·迪亚洛连续留了一周，用各种方式娇惯他，似乎要尽可能抹掉《古兰经》学校在这个男孩身上留下的印记。

桑巴·迪亚洛享受着宠爱，就像在学校忍受虐待一样，对于这两者他的灵魂都能坦然接受。在大皇姐家，他无疑感到幸福，但又似乎缺少了在学校才能感受到的圆满。例如，他在老师可怕眼神的监督下，诵读经文时，心脏会因为感到圆满而怦怦直跳。

学校的生活一直都是痛苦的，而且不仅仅是身体上的痛苦……

痛苦能够恢复真实感。

就这样宠爱了一周以后，大皇姐才放他回去，迪亚洛贝的酋长和老师都对他加倍严厉，似乎要让他为这一周的幸福赎罪。

持续几周被严厉对待，他发现没有人想着来找他。

然而，最近几天，他在村里的生活异常艰难。在桑巴·迪亚洛看来，老师变得越来越奇怪，没有以前严厉，又比以前疏远。只有大皇姐似乎没有一点要躲开他的迹象。这种情形持续了很长一段时间，以至于一天晚上，男孩实在忍不住了，跑去寻找自己的心灵庇护所。

"老瑞拉，"他躺在她的坟墓边，心想，"晚上好，老瑞拉，你能听到我说话吗？"

他每次都在心里这样问。她应该听得到，他几乎可以肯定。

当然，她从来没有回答过他，这也是他仍带有一丝怀疑的原因。他甚至知道，在这些小土堆里面，只有森森白骨。有一天，在看望老瑞拉的路上，他经过一个土堆，和他沉默的朋友长眠的土堆很像，他不小心踩了上去，土堆塌陷了。他把脚拔出来以后，看到被他踩破的土堆上露出个缺口。他弯腰探头去看，在半明半暗中，有一具发出微光的白骨。由此，他知道了，在这些土堆下，没有他想象中会在黑暗里睁开的双眼，或者倾听路人脚步声的双耳，见不到如生前一般的容貌，只有一具具躺着的白骨。他的心跳得更厉害了：他想到老瑞拉。眼睛、耳朵是会消失的吗？也许在更久远的墓穴里，连骨头也会消失？桑巴·迪亚洛不会去核实，但他对此深信不疑。老瑞拉的肉体会被虚无吞噬，男孩意识到这一点，似乎就在心灵上更靠近他沉默的朋友。在物质层面上，他失去了她，但他又似乎以另一种更圆满的方式重新获得了她。

他开始在心里和她说话：

"老瑞拉，晚上好，老瑞拉，你能听到我说话吗？如果你听不到我的声音，你在做什么？你会在哪里？今天早上，我看见你女儿坤芭了。你曾经很爱她，坤芭。为什么你不回来看她？你曾经如此爱她呀。也许你回不来？是吗，老瑞拉，你回不来？也许是死亡天使亚兹拉尔在阻挠？不对，亚兹拉尔只是信使，什么也做不了。还是说，老瑞拉，你不再爱坤芭了？……或者，你不能再爱了……"

桑巴·迪亚洛不害怕老瑞拉。他只是担心她，因好奇而备受折磨。他知道她不再是肉，不再是骨，不再是任何看得见的东西。她变成什么了？老瑞拉不可能变得不是老瑞拉了。老瑞拉……她留下了痕迹。她留下了胖胖的小坤芭，当我们像老瑞拉一样爱过坤芭，我们不可能变得不再是自己。如果这份爱完全地、永久地停止了，爱的记忆又怎么可能持续下去？因为坤芭还保留着对母亲的记忆。她时不时为母亲哭泣：有一晚，桑巴·迪亚洛看到她从墓地回来后哭了。如果一切已经终结，永久终结，那么她为什么还要哭泣？可倘若没有终结……老瑞拉又为什么从不回来？拿桑巴·迪亚洛自己举例，他深爱父母，倘若有一天，他在他们之前离开人世，如果他能回来，或者以任何方式向他们传递信号，他一定会表现出来，会告诉他们自己的所见所闻，会向他们讲述天堂的消息。除非？……是的，也许，也许那时他已经忘记了……桑巴·迪亚洛一想到自己可能完全忘记父母，如此深爱的父母，他就忍不住想哭。"老瑞拉，老瑞拉，你已经忘了吗？"

他把这个念头赶跑，转而想起了天堂。是的，这就是原因：天堂。无论亡者为何沉默，为何缺席，理由一定是好的，和天堂有关。他们没有消失在黑暗的虚无中，他们没有怨恨，也没有遗忘，他们只是身处天堂。

孩子坐在已经入土的朋友身边，沉浸在思考中，思考死亡的永恒秘密，在想象中构建了天堂的一千种模样。睡意袭来时，他无比平静，因为他发现，天堂在背诵的经文里成形，同样的耀眼光芒，同样的深邃神秘的阴影，同样的仙境，同样的力量。

他在这个让他着迷又十分陌生的绝对世界里沉睡了多久？

他被一声尖叫惊醒，吓得直哆嗦。他睁开眼，周围都是人。有人手上提着一盏防风灯，照亮老瑞拉的墓地。人越来越多，出口被堵得严严实实。桑巴·迪亚洛又闭上眼，他听到有人在说话。

"这是桑巴·迪亚洛呀……他在这做什么？"

"也许他生病了？大晚上的，一个孩子睡在墓地里。"

"得叫酋长来。"

桑巴·迪亚洛掀起身上破衣服的一角，盖在脸上。周围安静下来。他感觉有人弯下腰拂去盖在他脸上的衣服。他睁开眼，迪亚洛贝酋长正看着他。

"来吧，我的孩子，别害怕。你怎么了？在这做什么？"

"我不怕了。刚才有人尖叫，我才醒的，我一定是吓到了谁。"

"起来吧。你来这多久了？"

"好久了……我记不清了。"

"你不怕吗？"

"不怕。"

"好的。起来吧。我带你回我家，从今以后，你就待在那里。"

"我想回阿登学校①。"

"好的，我带你回阿登学校。"

聚在墓地里的人慢慢散去，大家都被阿玛迪的不幸遭遇逗乐了。阿玛迪是坤芭的丈夫，他路过岳母的坟墓，发现有东西直挺

_____

① 即前文提到的迪亚洛贝《古兰经》学校，也是老师提埃尔诺所在的学校。——译者注

挺地躺在那，他不知道那是桑巴·迪亚洛，吓得尖叫。他为什么会尖叫呢？

先是一段短的隆隆声，然后是一段长的隆隆声。音阶变了，音调上扬，先是一段短的隆隆声，然后是一段长的隆隆声。两组音阶合在一起，同时有两种声音，一种长，一种短。

音浪中出现跳跃。每段隆隆声的旋转中出现了猜不出的信息。音浪变得强硬，隆隆声越来越响，越来越急，达到顶点：桑巴·迪亚洛被吵醒了。达姆鼓①的敲击声震动了大地。

桑巴·迪亚洛想起来了，他对自己说："就是今天，大皇姐召集迪亚洛贝人开会。这是召唤他们的达姆鼓声。"

他昨晚就睡在地上的泥土床板上，这会赶紧起来，潦草地洗漱一番，祈祷完，就匆匆离开老师的屋子，往村里的议事广场走去。广场上已经挤满了人。桑巴·迪亚洛走到那，惊讶地发现女人也来了，而且数量和男人一样多。他还是第一次见到这种场景。观众围成了一个巨大的四边形，每一边都有好几排人，女人占据两个边，男人占据另外两个边。观众们低声讨论，汇成了极大的嗡嗡声，就像风吹过的声音一样。突然，嗡嗡声消退。四边形的

---

① 达姆鼓，又译"达姆达姆鼓"，是非洲的主要乐器，可用于日常生活（用来表现节日的欢快、丰收的喜悦等）、宗教活动、传递信息（战争、集会、出生、死亡、婚姻等）。——译者注。

一条边打开一道口，大皇姐走到广场中央。

"迪亚洛贝的子民，"她在一片寂静中说，"我向你们致意。"

回应她的是一片响亮又嘈杂的声音。她继续说：

"我做了一件我们不喜欢的事，一件超出惯例的事。我把女人叫来参加今天的议事。我们其他迪亚洛贝的子民，我们讨厌这样，这没错，因为我们相信女人应该留在家里。以后，我们会有越来越多讨厌的事，超出惯例的事，但我们不得不做。今天我把大家叫来，就是为了劝说大家做这样一件事。

"我要告诉你们：我，大皇姐，我不喜欢外国学校。我讨厌外国学校。但我认为我们应该把孩子送去念书。"

人们议论纷纷。大皇姐等到议论声消失，才平静地继续往下说：

"我要告诉你们：无论是我的弟弟，你们的酋长，还是迪亚洛贝的老师，他们都没有决定。他们还在寻找真理。他们是对的。至于我，我就像坤芭你的孩子（她手指向孩子，众人的目光也跟了过去）。看看他，他在学走路。他不知道去哪，只知道要先抬起一只脚，放在前面，再抬起另一只脚，放在第一只脚前面。"

大皇姐转向另一侧观众。

"昨天，阿尔多·迪亚洛贝，您跟我说过：'话能停，但生命不会停。'千真万确。看看坤芭的孩子吧。"

观众们一动不动，仿佛被吓呆了。只有大皇姐在动。她站在人群中心，就像豆荚里的种子。

"我想送我们的孩子去外国学校，没错，那里会扼杀他们身上的某些特质，那些我们热爱且精心培育的特质。也许他们还会忘记关于我们的记忆传承。他们从学校回来时，他们会认不出我们。我建议我们坦然接受，接受孩子们身上这些特质的消亡，接受孩子们因此留下的空白被那些打败了我们的异域人填满。"

这一次，没有议论声打断她的话，但她还是停了下来。桑巴·迪亚洛听到身边有人抽噎的声音。他抬起头，看到铁匠师傅粗糙的脸上淌下两行热泪。

"但是，迪亚洛贝的子民啊，想想雨季来临前我们的田地。我们热爱我们的农田，但我们是怎么做的？我们用镰刀割草，用火烧草根，我们杀死杂草。同样地，想想下雨时，我们是怎么处理留下的种子的？我们多想把种子做成食物吃掉，但我们选择把它们深深埋进地里。

"迪亚洛贝的子民啊，宣告严冬的龙卷风已经跟随异域人到来。我，大皇姐，我认为我们最好的种子，最珍贵的田地，是我们的孩子。有人想说话吗？"

没有人回答。

"那么，迪亚洛贝的子民，愿你们平安。"大皇姐最后总结道。

在某日清晨被巨大的喧哗声吵醒的，迪亚洛贝不是唯一一个。整个非洲大陆都经历过喧哗的清晨。

奇异的黎明！西方出现在黑非洲的那个清晨，带来了笑容、炮击和闪闪发光的玻璃珠。没有历史的人遇上了将世界扛在肩膀上的人。这是分娩的清晨。已知的世界中闯入了一个伴随泥泞和鲜血而诞的生命。

有的人大为震惊，没有抵抗。他们没有过去，因此没有记忆。下船的人皮肤雪白，眼神狂热。我们从未见过类似的人。我们还没意识到发生了什么，一切就已经结束了。

有的人像迪亚洛贝人一样，挥舞着盾牌，投射着长矛，或瞄准手里的枪。对方等他们靠近，然后炮弹如暴雨般落下。被征服者无法理解。

其他人决定谈判。对方让二选一，要么友谊，要么战争。他们明智地选择了友谊：他们对此毫无经验。

然而，无论在哪，选择什么，最后的结果都是一样的。

抵抗的、投降的、妥协的、顽固的，不管哪类，都会在既定的那天，发现自己被清点、被分开、被归类、被标记、被征召、被管理。

因为来的人不是只会战斗。他们很奇特。他们知道如何有效地屠杀，也知道如何有效地治疗。他们带来混乱，也带来新的秩序。他们会毁灭，也会建造。非洲大陆渐渐开始明白，对方真正的力量不在于清晨的炮弹，而在于炮弹之后的学校。在炮艇背后，迪亚洛贝的大皇姐清楚地看到了新式学校。

新式学校既像炮弹，又像磁铁。新式学校像炮弹一样，保持了战争武器的有效性，但又比炮弹好，使征服延续。炮弹约束身体，学校蛊惑灵魂。炮弹打出后，留下满天的灰烬，满地的尸体。废墟中的幸存者具有顽强的生命力，但他们还未站起来，新式学校就带来了和平。那个清晨，我们死而后生，那个清晨，宽慰人心的学校降福废墟。

学校也像磁铁，发出吸力。学校与新秩序互为一体，就像磁体和磁场互为一体一样。在这种新秩序内部，人们的生活被颠覆，就像磁场内部某些物理规律被颠覆一般。某种看不见但十分专横的力量牵引着被征服者，使之各归其位。秩序被建立，暴乱被平息，愤恨的清晨上空飘荡着一致感恩的赞歌。

只有自然秩序中的这种动荡可以解释此怪象：新人和新学校彼此不想要对方，却依然互相交汇。两者彼此不想要对方。人不想要学校，因为学校强迫他为了生存，即为了获得自由、食物和衣服而坐在长凳上学习。学校更不想要人，因为人迫使学校为了生存，即在需要的地方下船，为了扎根与扩张而建学校并招满足够的人。

拉克瓦一家到达黑人小城 L，发现那有一所学校。学校里都是黑人小孩，让·拉克瓦在一间教室的长凳上认识了桑巴·迪亚洛。

到小城 L 两周后，一日清晨，拉克瓦先生带着他的两个孩子——让和乔吉特——来到小城的学校。在波城，两个孩子都没上过幼儿园。恩迪亚耶先生的班基本符合他们的水平。

桑巴·迪亚洛的人生是一个相当严肃的故事。如果他的人生是个欢乐的故事，那么你们听到的应该是这样的版本：两个孩子第一天上学，面对如此多黑色的脸庞，全然不知所措；让和他的妹妹就像身处一出怪诞又漫长的芭蕾舞剧，同学们像芭蕾舞演员一般在他们身边追逐打闹，将他们包围其中，越缩越紧。不知道过了多久，他们惊讶地发现，除了卷头发黑皮肤，这些新伙伴和他们在波城的小伙伴没什么两样。

但故事不能这么讲，因为这些回忆会触发其他同样欢乐的回忆，使故事失真。故事的真相浸泡在苦水中。

很久之后，让·拉克瓦回想起这段往事，回想起与桑巴·迪亚洛的早期交往，发现虽然当时自己不知道桑巴·迪亚洛未来会怎样，但他已经隐约窥见了悲剧的前兆。

这样的印象最初来自恩迪亚耶先生的班。班上似乎有一个点，一切声音都无法到达，一切小动作都不会发生。就像在周围空气的流动中，有一个与外界分离的空间。当全班同学笑出声时，他的耳朵听到一个沉默的空洞，离他不远。快要下课的时候，所有长凳都发出不耐烦的咯吱声；书写用的石板在空中晃动，又被偷偷摸摸握紧；有东西掉在地上，又被捡起。但他整个人都能感觉到，这种波涛汹涌中，隐藏着一个平静的缺口。

虽然让一开始就有察觉，但他十几天后才明确意识到，恩迪亚耶老师的班上的确有一个不和谐的音符。从那一刻起，他所有的感官都醒了。

一天，恩迪亚耶先生向全班提问。因为让和乔吉特在班里，他就问起了法国的地理和历史。老师和学生一问一答，进展迅速。突然，问到一个问题时，没有人回答，班上弥漫着尴尬的沉默。

"孩子们，好好想想，"恩迪亚耶先生提醒道，"波城是一个省的省会，这个省叫什么呀？说到波城你们能想起什么？"

这个问题显然不是给让提的。让借机观察周围的同学。他感觉离他不远处，有人没有因此感到尴尬；这个人享受着沉默，欢乐地投身其中；这个人能打破沉默，也将打破沉默。让慢慢地转过头，第一次认真地打量他右手边的同桌，他俩和乔吉特一块坐在第一排正中间。如梦方醒。那个沉默的空洞，那个平静的缺口，就是他！他似乎内里发光，此刻，全班的目光都投向他。他在班上的存在一开始就困扰着让，只是此前，让不知道困扰来自何方。

让从容地从侧面观察着他，因为对方正仰着头，注意力全部集中在恩迪亚耶先生身上。班上的同学看着他，他看着老师，神情有些紧张。他的脸匀称规则，散发着光芒。让甚至感觉，如果他侧过身来面对面观察他的同桌，他会在那张闪闪发光的脸上找到恩迪亚耶先生想要的答案。但在紧张的气氛中，他的同桌仍一动不动。让后来观察到，他的同桌从不主动举手主动回答问题。那时候，学生想在课上回答问题，就必须先举手，打响指。同桌依旧一动不动，身体紧绷，似乎在不安。恩迪亚耶先生转身问同桌。让观察到，他的肌肉似乎放松下来，笑了笑，表情有些让人捉摸不透，然后他起身回答。

"以波城为省会的是下比利牛斯省。亨利四世就是在波城出生的。"

他的声音清晰，语言准确。他对着恩迪亚耶先生说话，但让却感觉他在对着全班说话，他是在对班上的同学解释。

说完，他在恩迪亚耶先生示意后坐下。让还是盯着他看。他直勾勾的眼神似乎给同桌带去了困扰，后者只是埋头看着石板。

停了这么一小会儿后，师生间的问答继续。这时，让回想起来，他和桑巴·迪亚洛成为同桌不是偶然。他们第一天到学校时，他本来想和妹妹乔吉特坐到一张没有人的桌子那。恩迪亚耶先生安排他们坐在了第一排，坐在桑巴·迪亚洛旁边。

午餐铃响了，恩迪亚耶先生宣布下课，乔吉特和让走出教室。让想找桑巴·迪亚洛，后者已经不见踪影。让踮起脚尖，扫视四周，有人拍了拍他的肩。他回头，是阿马尔·洛，他在班上认识的第一个男孩。

"你在找谁？迪亚洛贝吗？"

"那是什么……"

"你的同桌啊，桑巴·迪亚洛。"

阿马尔·洛猜到了他的心思，让既惊讶，又有些恼火。他没有回答。

"别等桑巴·迪亚洛了，他已经走了。"

说完，他也转身跑走了。

拉克瓦先生开着车来接孩子。

下午，让回到教室，发现桑巴·迪亚洛没有来上课，他有些气恼。

第二天是周四，让上午没出门。下午，他去了父亲在区政府的办公室。

他敲了敲门，走进去。办公室里有两个人，各占据一张办公桌。其中一人是他父亲。让一边走向父亲，一边观察着房间里的另一个人，一个黑人。

那人身材高大，尽管坐着，也能很快被人注意到。他穿着宽大的白色长袍，能看出来衣物遮盖下的身躯硕而不肥。他的双手大而灵巧。他的脑袋像是用黑色的粗陶捏制而成的，散发着光芒，结合他的穿着打扮，给人一种旧时贵族的感觉。不知为何，让看到他，就想起了历史课本上的一幅版画，画的是中世纪穿着华丽长袍的骑士。那人面带笑意，缓缓转头，也盯着让看。让一直看着他，差点被椅子绊倒。

"嗯，让？还不快说你好？"

让朝他走了几步，对方又笑起来，向他伸出手，这个动作使他的长袍显得更宽大了。

"年轻人，你好啊。"

他的手包着让的手，握得有力但不粗鲁。男人看着孩子，他英俊的脸庞是黑色的，但眼神清亮，正朝着让微笑。让感觉男人似乎很久以前就认识自己，当他微笑时，一切都不复存在，一切都无关紧要。

"这是我儿子，让。他不笨，就是一天到晚天马行空……"

他父亲老爱这样散播家里的秘密，真是恶趣味的习惯！让本来不管怎样都会原谅自己的父亲，但此时此地，在这个男人面前……

"嘘，孩子已经大了，不要这么说。我敢肯定，他的天马行空都是在构思伟大的事业，对不对？"

让的困窘仍在持续，幸好就在这时，有人在门上敲了两声，温柔但清楚，转移了大家的注意力。桑巴·迪亚洛出现了。看到他，让从困窘变得惊讶。桑巴·迪亚洛身穿白色长袍，脚着白色凉鞋，迈着柔软安静的步伐走进房间，首先走向微笑着向他伸出手的拉克瓦先生。然后他走向让，伸出手说：

"你好，让。"

"你好，桑巴·迪亚洛。"

他们握了握手。桑巴·迪亚洛转过身，向穿着华丽长袍的骑士问好。两人都收敛了脸上的笑意，只是对视了好几秒，然后同时转过身去，脸上重新扬起微笑。

"我看这两个年轻人已经互相认识了。"拉克瓦先生说。

"桑巴·迪亚洛是我儿子，"骑士补充说，"冒昧问一句……你们俩在哪遇上的？"

他提问的语气略带捉弄。

"在恩迪亚耶先生班里，我们是同桌，"桑巴·迪亚洛回答，目光没有离开让，"只是我们一直没机会聊一聊……对吗？"

桑巴·迪亚洛进房间以后，表现得十分自在。让马上就明白了：桑巴·迪亚洛已经见过拉克瓦先生，但他在班里一点也没表现出来。

让红着脸表示赞同，他们的确从未说过话。

桑巴·迪亚洛开始低声和他父亲说话。让也趁机和拉克瓦先生说话。

两个男孩同时走出办公室。他们走在白色的泥灰岩路上，没有说话。路边长着红色的花，一直延伸到区政府大门。桑巴·迪亚洛摘下一朵花，端详后，把花递给让。

"看，让，这朵花真漂亮，闻起来很香。"

他沉默片刻，又说了一句出人意料的话。

"但这朵花就要死了……"

他的眼神发亮，在说花真漂亮的时候，鼻翼微颤。

此后，他神色黯淡。

"花要死了，是因为你把它摘下来了。"让突然大胆地说。

"是的，可如果我没有摘下来，看看它会变成什么样。"

他从地上捡起一片原本毛茸茸的、现在已经风干了的豆荚，展示给他看。

然后他转过身，猛跑几步，把豆荚扔得远远的，又走回来，笑着说："你愿意和我散会步吗？"

"非常乐意。"让回答。

他们走出区政府，走到小城L的红沙地上，沿着一条长长的白色泥灰岩路往前走。两人没有说话，默默走了很长时间。然后他们离开泥灰岩路，走到红沙地上。眼前是被乳浆大戟①围绕着的一大片红沙地，桑巴·迪亚洛走到沙地中央坐下来，面朝天空躺下，手枕在颈后。让跟着坐下来。

无边无际的天空中，太阳西沉。每天这个时刻，斜照的阳光本应是金色的，现在却被西边的云层晕成了火红色。在阳光的映射下，红沙地就像一池沸腾的黄金。

桑巴·迪亚洛玄武岩似的脸上反射着紫红色的光芒。玄武岩？用玄武岩形容他的脸再贴切不过了，因为他整个人就像被石化了一样。

---

① 乳浆大戟，又称乳浆草、宽叶乳浆大戟、松叶乳汁大戟，多年生草本植物，路边常见的野草，因将草茎掰开后会有乳白色且非常黏的汁液流出来而得名。——译者注。

桑巴·迪亚洛躺下后，就再也没有动弹，他眼里反射出的天空是红色的。他是被锁在地上了吗？他死了吗？让害怕起来。

"告诉我，桑巴·迪亚洛，什么是迪亚洛贝？"

他随便找了个话题，开口打破死寂。桑巴·迪亚洛大笑起来。

"啊，天呐，有人跟你说起过我……迪亚洛贝……嗯，我的家族，迪亚洛贝家族，是迪亚洛贝人。我们来自一条大河沿岸。我们的领地也叫迪亚洛贝。在恩迪亚耶先生班里，我是唯一一个来自迪亚洛贝的人。大家这么叫我，是为了开玩笑……"

"既然你是迪亚洛贝人，你为什么不留在迪亚洛贝呢？"

"那你呢，你为什么离开波城？"

让哑口无言。

桑巴·迪亚洛继续说："这是在我家，一直都在我家。当然，我更希望待在故乡，但我父亲在这里工作。"

"你父亲很高，比我父亲还高。"

"是的，他很高。"

两人说着话，暮色已经降临。残余的阳光变得柔和，从紫红色变成玫红色。云层的下方似乎被黑夜冻成了蓝色。太阳消失了，但东边天空中，月亮已经升起，散发着光芒。他们将色彩的变化尽收眼底：太阳明亮的金黄变成暗淡的玫红，再变成月亮的乳白，即将到来的黑夜带来平静的幽暗。

"不好意思，让，太阳落山了，我得祷告了。"

桑巴·迪亚洛起身，面朝东方，举起双手张开，慢慢落下。他的声音在让耳边回荡。让不敢绕过去观察他的神情，他听到的声音似乎来自另一个人。桑巴·迪亚洛一动不动，白色长袍被残阳染成紫色。他身上似乎毫无生机，回荡在暮色中的声音是让听不懂的语言。突然，祈祷者哆嗦了一下。他的声音越高，哆嗦得就越厉害。哆嗦最终变成了全身的颤抖，声音也变成了呜咽。在东方，天空是一块巨大的丁香色水晶。

让不知道自己在那停留了多久，他陪伴着在天空下哭泣的桑巴·迪亚洛，为他着迷。他从来不知道，白日的死亡是如此悲怆和美丽。他听到不远处的脚步声，这才回过神来。他抬起头，看见穿着华丽长袍的骑士微笑着朝他走来，伸出手，拉他站起身。桑巴·迪亚洛低着头跪着，身体仍在打颤。骑士也跪下来，握着他的肩，让他躺在自己腿上，朝他微笑。桑巴·迪亚洛泪眼蒙胧，也微笑着，笑容清澈明亮。骑士掀起自己长袍的衣角，温柔地擦了擦他的脸。

他们带着让安静地走到泥灰岩路上，沿着来时的路回家。月光下，泥灰岩路如百合花般洁白。让看着眼前两个手拉着手的身影，一会儿分开，一会儿又慢慢贴近。

那天晚上，所有人都睡着了，让独自躺在床上，想到桑巴·

迪亚洛，他不禁害怕起来。暮色的激烈与光辉不是桑巴·迪亚洛哭泣的原因。那么，他为何恸哭？

他的脑海中一直浮现着父亲和儿子的两张面孔，久久无法消散，直到他坚持不住，陷入梦乡。

　　桑巴·迪亚洛一路都没说话，骑士也是。他们手牵着手，慢慢走着。桑巴·迪亚洛的情绪已经平复下来。

　　"你有迪亚洛贝老师的消息吗?"他问父亲。

　　"迪亚洛贝老师身体健康。他让你不要担心他。他惦记着你。你不能再哭了……你现在是个男子汉了。"

　　"不是因为这个……"

　　这天晚上，他哭泣，不是因为悲伤。他现在已经明白，迪亚洛贝老师即便过世也不会离开他。就像老瑞拉已经过世，她和坤芭之间只有回忆，只有强烈的爱，但老瑞拉依然会时不时牵动坤芭的心神。老师的躯体如此孱弱，但如果哪一天他消失了，留下来的可不止爱和回忆。况且，老师还活着，可桑巴·迪亚洛几乎记不清他的样子了，他记忆中老师瘦弱的模样正渐渐模糊。但那又怎样，在他心中，老师会一直在旁边举着一根燃烧的木柴，监督着他，提醒着他，就像他从未离开过自己一样。老师去世以后，会比回忆中原本的样子更加严厉。老瑞拉生前只有爱。她去世后，肉体完全消失，爱则留下回忆。老师的躯体已如此羸弱，如风中火烛般摇摇欲灭。可除了躯体外，老师有真言，真言没有实体，但流传世代……流传世代。他有火，照亮学校，鼓舞学徒。他对学徒强烈的关切胜过自己躯体的沉重。躯体的消失会带走这一切吗？

死去的爱留下回忆，那死去的热忱呢？关切呢？桑巴·迪亚洛知道，在精神上，老师比老瑞拉富有得多，不会像她一样消失得那么彻底。

这天晚上，他祈祷时，面对如此美丽的暮色，突然有一阵狂热席卷全身，就像从前在老师身边一样。

他又想起了自己离开迪亚洛贝学校的场景。

桑巴·迪亚洛平静地在老瑞拉墓地边睡着了，直到被迪亚洛贝酋长找到。不久后，酋长、老师、大皇姐三人密谈了很久。孩子不知道他们究竟说了什么，只知道酋长把他叫过去，宣布他将返回小城L，去他父亲身边。听到消息的那一刻，桑巴·迪亚洛的喜悦之情溢于言表。他突然前所未有地开始想念L，想念他的父母。

"但临走之前，你要向老师告别。"酋长补充说。

听到老师的名字，桑巴·迪亚洛喉咙发紧。老师……是啊，返回小城L，就意味着他要离开老师了，他再也看不见老师了，听不到老师诵读经文的声音，看不到老师倾听经文的神情。远离老师，有他的父亲和母亲，有小城L甜蜜的家。可在老师身边，桑巴·迪亚洛学会了其他东西，他已经学会热爱的东西。他试图在回忆中寻找原因：老师会举着燃烧的木柴威胁他，会用木棒狠狠地抽他，可他为何对老师如此依恋？桑巴·迪亚洛找不到原因，只隐约感觉这种依恋不同于他对父母和家的爱。产生这种依恋的原因类似于此前提到的老瑞拉的魔力，和他对别人提到自己贵族出身的厌恶同源。无论出于什么理由，这种依恋都让人无法抗拒。

"哎呀！哎呀！你哭了？你都这么大了！回到父母身边你不高兴吗？来我这，走近点。"

迪亚洛贝酋长把他拉到膝盖上坐着。他扯起长袍的一角，温柔又细致地擦干他的眼泪，就像方才他父亲做的一样。

"你知道，桑巴·迪亚洛，老师对你很满意……好了，不哭了，结束了……"

酋长擦去小堂弟脸上继续涌出来的眼泪，将他打颤的身体紧紧抱在胸前。

"你知道吗……去看望老师的时候，你把'旋风'送去给他。我已经让人准备好了。"

"旋风"是一匹漂亮的阿拉伯纯血马，原本属于酋长。

"你不会害怕吧？不会从马上摔下来吧？会有人陪你去的。啊，对了，大皇姐给你准备了礼物，过来看看。"

眼前是一堆珍宝。有色彩丰富的长袍、拖鞋、编织的缠腰布，都是由迪亚洛贝最好的手工匠人专门为桑巴·迪亚洛准备的。那天下午，桑巴·迪亚洛骑上"旋风"，有人在前面牵着缰绳，防止马失控，他们朝老师的住所走去。

到了附近，他从马上下来，走到老师家门口，脱了鞋，把凉鞋拎在手里，走进去。

老师正坐在一圈学徒中间，听他们背诵经文。他一看到桑巴·迪亚洛，就朝他微笑，准备起身向他走来。桑巴·迪亚洛不安地跑过去，连声让他坐着。

"我的孩子，你能看出来，我都起不了身了。你是多么英俊，真主在上，你是多么英俊！让我好好看看！过来过来，怎么回事？你哭了？可你一直很勇敢，我打你，你也从来不哭……"

学徒们肃然无声。在他们面前哭，桑巴·迪亚洛觉得有些脸红。

"老师，我来和您告别。我很伤心……"

泪水又一次夺眶而出，他低下头，捞起衣服下摆擦眼泪。

"我的堂兄请您……务必收下……"

他指着"旋风"说。

"真主在上！你的堂兄对我真是恩德不尽。这匹马太漂亮了！用来耕田拉货是暴殄天物……"

他沉思片刻。

"不行……这不是用来耕田拉货的马。它的脑袋多么高昂，毛色多么光亮。我们不能用纯种马来拉犁……"

然后，他似乎从沉思中回神。

"所以你要回L城了是吗？你不会忘记真主之言的，我的孩子，对不对？你永远也不会忘记？"

"真主啊，"老师心想，"请不要放弃这个孩子。请您永远与他同在，无论何时何地。"

桑巴·迪亚洛从陪在身边的仆人手里接过一个大包裹，里面全是他收到的临别礼物。他走到老师身边，把包裹递给他：

"我想把这些送给需要的学徒……"

"我们会为你祈祷，我的孩子。"老师说。

桑巴·迪亚洛几乎小跑着出了学校。在他身后，他听到老师用严肃的语气问学徒他们在等什么，催促他们赶紧继续诵读真言。

那天晚上，迪亚洛贝的居民得知，老师送给新式学校的校长一匹纯血马。老师说:"这是匹快活的马,比起阿登学校,它更适合留在新式学校里。"

几天后,桑巴·迪亚洛启程去L。

骑士收到一封信,迪亚洛贝家族的长者——大皇姐和酋长——决定把桑巴·迪亚洛送回他身边,去上新式学校。

看完信,骑士感到心脏受到重重一击。如此一来,异域人取得了完全的胜利!这是迪亚洛贝人,他自己的家族,跪在了人造之火的光辉下。太阳之光,实际上是一个绝望文明的正午之光。事情在他眼前发生,在他的亲生骨肉身上发生,无法挽回,无法弥补,他感到了切肤之痛。所有人,包括他的家族在内,他们是否知道自己急匆匆踏上的,是自取灭亡之路,他们眼中的太阳不过是幻象!要是他足够强大,他会如一座雕像,矗立在他们前进的路上,阻止他们盲目地奔跑!

"事实上,世界不需要加速向前。在探寻的正午,他需要的是一张床,可以躺在上面,伸展四肢,让灵魂休息。以真主之名!文明难道无法平衡人类与其可自由支配的时间之间的关系吗?文明开化的人,不就是可以自由支配时间的人吗?可以自由支配时间去爱自己的同类,尤其是爱真主。可他内心有个声音在反驳,我们都被问题包围,哪有片刻安宁?人出生在问题的丛林里。他的身体是物质的(你痛恨这一点),在探寻心灵的安宁时,得不断停下来回应身体的需求。'我饿了，喂我。'这是胃的命令。'我们得休息了吧？我们休息吧，好吗？'这是四肢的低语。人回应胃和四肢的需求，立刻就能感到幸福。'我很孤单，我不想孤身一人，我无法一个人待着……找个可以爱的人吧。'一个声音在哀求。'我害怕，我害怕。我从哪里来？我怎么会来这？我会被带到哪里去？'这个声音日夜悲叹，哀怨质问。人站起来，寻找其他人。然后他离群索居，虔诚祈祷。这个人获得了心灵上的安宁。人需要回答所有这些问题。你想要忽略其中一些……不！"骑士在心中反驳自己，"不！我只想要和谐。最尖锐的声音企图盖过其他声音。这是好事吗？文明是装满答案的建筑。就像所有住所一样，文明是否完善，取决于居住其中的人是否感到舒适，以及能否给人带来自由感。但迪亚洛贝人恰恰是不自由的，你想要维持现状？不，我想要的不是维持现状。可人在答案的丛林中被奴役，难道这样更好？"

骑士在脑海中反复回想，思考千万种可能。

"幸福不随答案的总量变化，而随其分布变化。需要平衡……但西方已经着了魔，大家都在西化。我们没有在合适的时候抵抗西方的疯狂，也没有在合适的时候躲开西化的狂热，理智地分类、挑选、吸收或拒绝，与之相反，到处都在欲望的驱使下颤抖，在西方传播的新型疾病的作用下，我们仅用一代人的时间，就完成了自我变形。"

骑士一边沉思，一边产生了某种幻觉。地球上有一角，正发出刺眼的光芒，就像燃烧着的巨大火堆。火堆中人头攒动，似乎正投身于一场古怪得让人难以理解的朝拜仪式。大地多处裂开，露出深深的峡谷，从黑暗中爬出各种肤色的人，成群结队地向火堆走去，越靠近火堆，越会无意识地被周围狂热的节奏感染，在刺眼光芒的照射下，他们原本的肤色渐渐褪去，所有人都被染成了灰白。

他闭上眼，想驱走幻觉。生活在阴影里。在世界黑暗的中心谦卑又平静地生活，依靠本质与智慧生活……

骑士收到迪亚洛贝酋长的来信，呆坐了许久。然后他站起身，走到院子里的一个角落，面朝东方，对真主祈祷了很长时间。如果这是主的意志，那么桑巴·迪亚洛会去上学。

男孩回来后，骑士没有表露出任何激烈的情绪。但在他平静而温情的关切下，桑巴·迪亚洛察觉到深深的痛苦。面对没有说出口的斥责，没有表露出来的悲伤，面对父亲的沉默，桑巴·迪亚洛失声痛哭，他千万次后悔自己离开了阿登学校。

这天晚上，自然似乎在回应男孩的微妙想法：暮色的光辉未尽，天空中已经挂上无数星星。在这场闪光的晚会上，月亮出现在舞池正中央，夜晚突然充满了神秘的狂热氛围。

阳台上，骑士躺在一张长椅上沉思。屋子里很安静，女人们都围在母亲身边，低声絮语。

桑巴·迪亚洛轻轻走出房间，在院子里来来回回踱着步。然后，他慢慢开始背诵献给骑士的夜晚《古兰经》①。他的声音一开始轻得几乎听不见，然后慢慢变得坚定，越来越响。一种前所未有的情感渐渐涌上心头。屋里已经没人说话了。起初，骑士躺在长椅上，只是漫不经心地听着，桑巴·迪亚洛背诵经文的声音让他直起了身，内心似乎有股力量把他抬起来，就像老师曾体验过的那样。母亲从房间里走出来，靠近儿子身边。感觉到他在世上最爱的两个人都在听他背诵经文，知道在这个魔力的夜晚，自己在为父亲背诵经文，就像骑士也曾为他的父亲背诵经文一样，几个世纪以来，迪亚洛贝的儿子为他们的父亲背诵经文，代代相传，知道自己没有辜负关心他的人，知道自己必须证明给所有人看，迪亚洛贝人的传承在他身上没有断，桑巴·迪亚洛有一瞬间几乎要昏厥过去。但他马上想到，今晚对他来说很重要，比其他任何已经背诵过夜晚《古兰经》的人都要重要，他必须圆满完成他的背诵。因为在他看来，今晚似乎标志着终结。他头顶上的星星在闪烁，不正像将一个过去的时代关在身后的门闩吗？门后是一个

---

① 根据习俗，孩子完成在《古兰经》学校的学习，回到父母身边以后，要为父母整晚背诵《古兰经》。——原注。

星光熠熠的世界，依然散发着温柔的光芒，值得最后一次为其吟唱。他的声音渐渐升高，像是要与天上的星星合流，奏出一首悲怆圆满的颂歌。他感到往日的时光在他身上显现，透过他的声音唱出悠长的依恋，今日备受威胁的依恋。声音回荡在耳边，桑巴·迪亚洛本人似乎在声音中逐渐消解。幽灵悄悄从地底浮现，侵入他的身体，完全替代了他。他的声音里似乎有很多人，就像某些夜晚河流的声音一样。

但河流的声音没有那么激昂慷慨，也没有那么如哭如泣。河流的声音不会承载他此刻悲情呼唤的拒绝。河流的声音也没有怀旧旋律的伴奏。

漫长的夜晚，他的声音诱发了祖先的幽灵，他们借他的身体发出此前无法发出声音。他和幽灵一起，哭泣祖先的死亡，但他们也在一起，久久地吟唱他的出生。

远处的地平线上，地面像被深渊吞噬。太阳挂在深渊之上，摇摇欲坠。阳光原本令人窒息的炽热被深渊吸收，光线却依旧亮得刺眼。天空被染红，在霞光的映照下，小城的模样突然变得陌生，像是某个奇异星球上的场景。

办公室的玻璃窗都关着，保罗·拉克瓦站在窗前，等待着。他在等待什么？整座小城都在等待，同样令人沮丧地等待着。他的目光游走于窗外，注视着长长的红线划过天际，与残阳相遇，穹顶被潜行的阴影悄无声息地占领。"他们说得没错，"他心想，"我也相信这一刻，世界将会完结。这一刻是脆弱的，可能下一秒就万物俱裂。然后，时间将停止。不！"保罗·拉克瓦差点喊出声来。他猛然将绿色的窗帘放下，盖住被夕阳映成猩红色的玻璃窗。

办公室顿时变得像个青绿色的水族馆。保罗·拉克瓦慢慢坐回椅子上。

在他的办公桌后面，桑巴·迪亚洛的父亲坐着，一动不动，似乎对外面上演的光影大戏毫不关心。他的白色长袍被透进来的光线染成紫色。长袍宽大，他坐下来静止不动时，下摆堆在地上，令他宛如一尊石像。"让说得没错，"拉克瓦心想，"他看上去就像个中世纪的骑士。"

他开口说话。

"这样的黄昏不会让您心烦意乱吗？我甚为震撼。此刻更像是世界末日，而不是夜晚降临。"

骑士笑了。

"放心吧。我敢说今晚风平浪静。"

"您不相信有世界末日吗？"

"恰恰相反，我殷切地期盼着世界末日。"

"我猜也是。这里所有的人，从最粗野的农民到最有教养的人，都相信有世界末日。为什么？我此前曾不解，今天，看到这样的黄昏，我总算明白了。"

骑士端详着保罗。

"轮到我问您了，您真的不相信有世界末日吗？"

"显然，我不相信。世界没有末日。至少不是这里的人想象的末日。可能会是一场灾难摧毁我们的星球，我不是在说……"

"我们最粗野的农民不会相信这种末日，有太多的偶然性，没有丝毫规律。他的世界里没有偶然。与表面看起来相反，他的末日要比您的末日更让人安心。"

"也许吧。不幸的是，对我们来说，我的世界才是真实的。地球不是平的，尽头没有通往深渊的陡坡。太阳不是固定在蓝瓷穹顶上的高脚灯。科学为西方揭示的宇宙没有那么人性化，但必须承认，科学的论断更加稳固……"

"您的科学向您揭示了一个圆形的完美世界，处于不停的运动当中。科学使世界摆脱混沌。但我相信，科学也会带你们走向绝望。"

"并非如此，科学让我们摆脱恐惧……幼稚的荒谬的恐惧。"

"荒谬？荒谬的是世界没有末日。什么时候我们会知晓真理？所有的真理？我们依然相信真理会出现。我们期盼如此。"

"就是那样，"拉克瓦心想，"他们现在没有掌握真理，也无法获得真理，他们便想要终结，想要末日。对正义也是如此，他们想要而没有的，他们不想着努力去获取，而是一直在等待，等到最后。"

他没有说出他的想法，只是回答说："我们的话，我们每天都通过科学，获取比前一天更多一点的真理。我们不会一直等待……"

"我就知道他不会明白,"骑士心想,"他们如此沉迷于工具带来的收益,以至于完全忘记了工作场地是多么无边无际。他们没有意识到,所谓每天发现的相对真理也在每天变得局限。每天一点相对真理……当然有必要,这是必须的。可绝对真理呢?为获得相对真理,就必须放弃绝对真理吗?"

"我相信您完全明白了我的意思。我没有质疑科学揭示的真理。但这种真理是片面的,只要未来还在延续,所有的真理都将被未来证实是片面的。真理存在于历史的终结。不过我发现我们正走在一条令人失望的形而上学的道路上。"

"为什么您说'令人失望'?"

"'任何事物都具有两面性',这不是你们祖先说过的话吗?请直言相告,今天你们是否依然抱有同样的信念?"

"不。请您不要停在形而上学这里。我想要了解你们的世界。"

"您已经了解了。我们的世界就是相信世界有末日。我们期盼着也害怕着世界末日的到来。因此,看到您刚才在窗前焦虑不安,我感到莫大的欣喜。我对自己说,就是这样,他也预感到了末日。"

"不,我真没有焦虑不安,还不到那种程度……"

"这样的话,我衷心祝愿您能在太阳的死亡面前感受到焦虑不安。我也强烈地希望，整个西方都能感受到焦虑不安。当太阳死去，没有任何科学真理能阻止我们为之悲泣，没有任何理性事实能阻止我们祈求其新生。您正在事实的重量下慢慢死去。我希望您能感知到这种焦虑，就像获得新生一般。"

"新生后我们会得到什么？"

"得到更深刻的真理。事实是一种外表的品质。你们的科学是事实的胜利，是外表的增生。科学让你们成为外部的主人，但同时科学也将你们放逐在外部，时间越久，程度越深。"

一阵沉默。外面，太阳落下去，黄昏的光影大戏闭幕。在太阳原本的位置，一个巨大的鲜红色云团正在分崩离析，就像一只淌着血块的怪物。在阴影的蚕食下，天空中的红光渐渐暗淡。

"奇怪，"拉克瓦心想，"什么也没有的人迷恋虚无。他们把虚无叫作绝对。他们背对光，直直看向阴影。是因为这个男人没有意识到自己的贫穷吗？"

骑士的声音原本低沉迟缓，就像在对自己说话一样，这时却突然拔高。

"尽管如此，我想对您说……"

他迟疑了。

"您想说什么，先生？"

"我想告诉您，把儿子送去你们的学校，其实是我的决定。"

"现在是您让我感到莫大的欣喜。"

"我把孩子送去你们的学校，我祈求真主拯救我们所有人，你们和我们。"

"他会拯救我们的，如果他真的存在的话。"

"我把儿子送去学校，因为你们控制的外部正在慢慢入侵我们，摧毁我们。请你们教他如何控制外部。"

"我们控制了外部。"

"外部是侵略性的。如果人不能战胜外部，就会被它摧毁，沦为悲剧的牺牲品。伤口如果不处理，就不会痊愈，会感染甚至引起坏疽。孩子如果不教育，就会退步。社会如果不治理，就会自我毁灭。西方竖起科学，就像路障一样，用来抵御混沌的入侵。"

这一刻，拉克瓦突然极度渴望打开就在手边的电灯开关。他想要看清楚这个面向他坐在阴影中一动不动的男人，想要仔细观察他脸上的表情。他的语气激起拉克瓦强烈的好奇心，他想要把对方说话的语气和脸上的表情对应起来。他心想："可如果我开灯的话，他就不会再说了。他不是在对我说话，而是在对他自己说话！"因此，他只是听着。

"世界在火炉中燃烧，每个小时都有新的燃料加入。我们拥有不同的过去，你们和我们，但我们绝对拥有相同的未来。个体命运的时代已经是过去。从这个意义上讲，我们每个人都已经看到世界末日，因为已经没有人能保存自我，独善其身了。但在我们漫长又多样的成熟过程中，世上会诞生一个儿子。地球的第一个儿子，也是唯一的。"

拉克瓦感觉到骑士在阴影中缓缓转身，面对他。

"拉克瓦先生，这个未来，我接受。我的儿子会保证这样一个未来。他将参与建造这个未来。我也希望他参与其中，不是作为来自远方的异域者，而是决定自身家园命运的创造者。

"他会教会我们关于阴影的秘密。他会带我们找到你们的年轻人滋养其中的生命之源。

"不要强迫自己，拉克瓦先生！我知道您不相信阴影，也不相信末日。您看不见的即不存在。即便此刻有一只木筏，将您运到圆盘发光的表面上，您也会否认围绕在四周的深渊。我的儿子将推动未来之城向深渊开放港湾，届时，会有大片阴影吹向我们干枯的躯体，吹向我们风化的额头。我以我的全部灵魂期许这种开放。新生之城，是我们应该为之奋斗的事业，我们所有人，印度人，中国人，南美人，黑人，阿拉伯人，我们所有这些笨拙可怜的人，我们这些不发达的人，我们这些在这个机械调整的完美世界里自觉鲁钝的人。"

现在，天已经完全黑了。拉克瓦一动不动，听到黑暗中传来这样奇怪的祈祷声：

"真主啊，如果我们不应成功，请降临世界末日！收回我们不知道如何使用的自由。请真主之手重重落在头脑不清者的头上。请真主的专断意志使稳定运行的律法失控……"

"他们为什么觉得我知道?"老师心想,"他们比我更知道自己想要什么。实际上……"

他停下来,用力挠了挠肋骨附近。他掀开长袍一角,发现皮肤上爬着一只硕大的棕色臭虫。他轻轻把臭虫拿下来,放到地上,又躺了回去。

"实际上,他们已经做好选择了。他们就像愿意张开腿的女人,孩子虽然还没怀上,其实已经在叫妈妈了。孩子得生出来啊。迪亚洛贝正等着孩子的降临呢。可要让孩子出生,迪亚洛贝就得献身……而这……这……而且,若民众持续贫苦,久而久之,我们的心会不会苦涩难当?贫苦是真主的敌人……"

老师整个右半边身体都躺得发疼,他转了个身。

这天，学校上空没有任何东西在飘扬，既没有火堆的烟气，也没有学徒齐声背诵经文的声音。老师已经将自己的祈祷次数减到最低。他以前睡得很少，几乎整日都在祈祷。这天，他从早上开始就一直躺着，他的身体不习惯这种怠惰，躺着也觉得累。

这座沉默的房子就像杏仁壳，老师就像壳里的杏仁。整个迪亚洛贝的思想都集中在这座房子上，集中在这座房子里无法安宁的灵魂上。

老师可以说好，很容易，大家都会欢欣鼓舞。他也可以说不，也很容易，大家都会听他的话。可他什么也没说。迪亚洛贝人能感觉到他内心的狂风暴雨，对老师既同情又感激。

"真主啊，您想要让您的子民生活在表象的坚固贝壳里。真理会淹死他们。可真理之主啊，您知道表象也能扩大，也能变硬。真主啊，让我们继续在表象之后流亡吧。"

这是代表团来拜访老师的前一晚。率领代表团的是阿尔多·迪亚洛贝，王室的长子。代表团里还有渔民之师迪亚尔塔贝、格里奥①之师法尔巴、铁匠行会会长、鞋匠行会会长，以及其他各行

———————————

① 格里奥，撒哈拉以南非洲世代相传的诗人、口头文学家、艺术家和琴师的总称。古代时，格里奥一部分进入宫廷，担任相当于国王、诸侯的史官、顾问、传话人的职务，另外一部分为行吟艺人，带着简单的乐器周游四方，传授知识。现在的格里奥主要在大家族举行活动时，为其吟唱历史，歌颂先祖，传扬功绩。——译者注。

各业的代表。老师的房子里挤满了人。

"老师，"阿尔多·迪亚洛贝开口说，"您说什么，大家都会照做。"

"我什么也不会说，"老师回答，"因为我什么也不知道。我只是孩子们的卑微向导，我的兄弟们，我可不是你们的向导。"

一阵沉默后，王室的长子继续说：

"老师，真主之言就像一件衣服，当然可以搁置。可生活没法搁置。对迪亚洛贝来说，做最后决定的时刻已经到了。迪亚洛贝酋长对我们说：'我是行动的手。身体和脑袋，是你们，迪亚洛贝人。你们怎么说，我就怎么做。'我们该怎么回答？"

老师这时已经站起来了：

"向《古兰经》发誓，我不知道。一个人知道的东西就像一串数字：我们可以一直说，可以把数字解释成任何意思，没有限制。相反，现在我能对你们说的，是完整又简短的话：'做'，或者'不要做'，没有更多的了。你们自己也知道，只是说出那样的话有多么简单，而且说这句的理由并不比说那句的理由更多。"

老师说话时神情激昂，同时注视着所有人，就像是在对所有人说：看，我什么也不知道。听众们没有回话，气氛沉闷。也许老师的话过于深奥。他试图用更清楚的方式重新开始解释：

"我知道你们在期待什么，迪亚洛贝人。你们不知道该做什么，便这样想：'去问问我们孩子的老师，让他告诉我们应该做什么。'对不对？"

"没错。"迪亚洛贝王室的长子回答。

老师继续说：

"你们在等我告诉你们答案，然后你们就知道该做什么了，就像能数数的人知道，十后面跟着的数字是十一。对不对？"

众人议论纷纷，点头称是。

"迪亚洛贝人啊，我向你们发誓，我不知道这种问题的答案。和你们一样，我也想知道答案。"

聚在房子里的人面面相觑，显得局促不安。如果老师都不知道，还有谁知道？迪亚洛贝必须要做出决定了。返乡者带来极远处的消息，无论在哪，大家都选择送自己的孩子去外国人开的学校。这些新世代会学习如何造房子，如何医治住在房子里的人，就像那些外国人一样。

老师说完就陷入了沉思，没有意识到众人的离开。

疯子到的时候，发现老师一直维持着同样的姿势，仰天躺着，一只手放在身边，另一只手折着，盖在眼睛上。

男人外面穿着一件特别紧身的旧礼服，礼服下挤着宽大的迪亚洛贝传统长袍，一举手一抬足都十分明显。外面的礼服已经很旧了，看上去也不甚干净，里面穿着的长袍却一尘不染，这种对比让衣服的主人显得不同寻常。他的外貌也和穿着一样古怪。他脸上几乎面无表情，除了那双眼睛，总是流露出焦虑的眼神。就好像他知道一个关于世界的凶险秘密，但他时刻提醒自己，不能让外界知情。可随后，他游移不定的眼神，刚一显现就立刻被收回的表情，又让人不禁怀疑，这个男人的脑袋里，是否真的隐藏着清晰的思想。

自从听到大家给他取外号叫"疯子"以后，他就很少说话了。

这个男人确实出生在这里，后来他离开了故乡，他的家人也不知道他去了哪。他失踪了好多年，突然，一天早上，他回来了，穿着那件紧身礼服。他回来以后，到处找人说话。他声称自己从白人的国度回来，他参加过打白人的战争。起初大家都信以为真，尽管也有其他人参加过抵抗白人的战争，都说没有见过他。但很快，人们就开始怀疑他的话了。

首先是因为他的故事过于荒诞，让人难以相信。除了故事的荒诞外，更让人不安的，是他对模仿的过分投入。他一边讲故事，一边像陷入谵妄一般，将自己投身于故事的场景。一天，他在说自己的肚子受了伤——他的腹部确实有伤——他突然蜷缩着倒地，双手捂住腹部，嘴里发出了临终时那种嘶吼声，然后是一连串狂热的表演。自此以后，人们就想方设法躲着他，可他仿佛毫无所觉，依然乐此不疲地模仿，寻找所有愿意听他讲故事的观众，在他们面前激情表演回忆中的场景。

一天，他听到人们给他取外号叫"疯子"，他终于不说话了。可自此，这个外号就没离开过他。

男人坐在老师身边。他以为老师睡着了，想等他睡醒。

"啊，是你呀？你在这里做什么？"

"他们都在烦你，是不是？所有这些人……"

疯子胡乱指着老师住所周边的房子。

"把他们赶走。下一次如果他们再来，你会把他们赶走的，对吗？"

有半秒钟的时间，他目光灼灼，似乎在焦急地等待回答。

"说，你会把他们赶走的，对吗？"

"是的，我会把他们赶走的。"

男人这才平静下来。

"现在他们来找你，像绵羊一样卑微又温顺。但你不能上当。他们内里可不是绵羊。现在是因为你还在，你衣服单薄，屋里空空，他们还扮作绵羊。可你快死了，你这破旧的房子也是一样。很快，他们的本质就会变，我告诉你，你一死就会开始。只有你才能阻止他们变身。"

他伏下身，热情地吻了吻老师的手。老师先是大吃一惊，用力抽回手，就像被火烧到了一样，随后，他改变了主意，把手递给疯子，让他抚摸自己的手。

"你看，你要是死了，这些茅草屋都会和你一起死去。这里的一切，都会像那里一样。你知道，那里……"

老师此前一直躺着，这会想起身。但疯子温柔地阻止他。他只是靠近一些，将老师的脑袋轻柔地从地上抬起来，放在他的大腿上，找了个舒适的位置。

"那里是怎样的?"老师问。

疯子眼中流露出一闪而过的幸福。

"真的吗? 你想听我说吗?"

"是的，说给我听吧。"

疯子开始讲述:

"我下船的时候是清晨。我刚走到街上，就感到一种无法形容的恐慌，我的心脏和我的身体好像一起在收缩，在发颤。我浑身哆嗦，回到宽阔的码头大厅。我双腿绵软，一直发抖，抑制不住想要坐下来。周边的瓷砖地面亮得像镜子，到处是鞋底敲击地面的咔嗒声。大厅正中央摆着一堆扶手椅。我的视线刚转过去，无法控制的颤抖再次袭来，整个身体像是在暴动。我顾不得其他，放下手中的行李，直接坐在冰冷的地面上。身边经过的路人停下来。有个女人上前来跟我说话。我想她当时是在问我身体怎么样。地面冰冷刺骨，身体的暴动渐渐平息下来。我把手也摊在瓷砖地面上。我甚至想脱掉鞋，光脚踩在闪闪发亮的青绿色瓷砖上。但我隐约感觉这样做很失礼。所以我只是把腿伸直，尽可能地贴在冰冷的地面上。"

老师略微抬起头，想要观察疯子的眼神。故事内在逻辑的一致性让他吃惊。更让他吃惊的是，疯子此刻的眼神坚定，没有丝毫游移。他从没见过疯子这副模样。老师把头靠回疯子的膝盖上。他感觉到疯子全身在微微颤抖。

"我身边围了一小圈人。一个男人拨开人群走到我身边，捏住我的手腕。然后，他示意人们把我扶到邻近的沙发上。许多双热情的手伸过来，我一个动作，轻快地避开。我自己站起来，比周围的人都要高一个头。我的身体已经找回平静，现在我站起来了，他们可以看到我整个人身材结实，完全健康。身边围观的人在交头接耳，我突然好转，让他们有些吃惊。我嘟哝了几句抱歉，低下身，一手拎起一个沉重的行李箱，穿过惊诧的人群。可我刚走到街上，就重新开始颤抖。我用尽浑身力气控制住自己，没有暴露身体的异状，快步离开了那里。我能感觉到，在我身后，无数双眼睛正透过大厅的玻璃窗注视着我。我转过一个街角，看到墙上嵌着一扇门。我把行李放在地上，坐在其中一个行李箱上，躲开路人的关心。时间刚刚好，我的身体又开始明显打颤。我感受到某种比单纯的身体暴动更深刻的东西。我现在坐着，颤抖渐渐平息，这似乎是我的身体在呼应更隐秘的内心恐慌。一个男人经过我身边，想要停下来。我摇摇头。男人犹豫片刻，点点头，走开了。我的目光追随着他。他四方形的背影湮没在其他四方形的背影里。他的灰色外套消失在其他外套中。他皮鞋的脆响与其他沥青马路上的脚步声混在一起。沥青马路……我目光所及之处，全是硬装地面。码头大厅那里铺的是长石，街上铺的是浅灰色的石块，或是暗黑的沥青。没有一处裸露出柔软的沙地。在坚硬的沥青地面上，我用眼睛拼命看，用耳朵仔细听，还是找不到一只裸露的脚。周围看不到真正的脚。走在坚硬的甲壳上的，是成千上万双坚硬的甲壳，在互相接触时咔嗒作响。人已经没有肉体的脚了吗？一个女人经过，从她露出来的粉红色腿肚往下看，终点是一双坚硬的黑色甲壳，站在沥青地面上。从我下船开始，我就没见过一只裸露的脚。蔓延在沥青地面上的，是一片甲壳的海洋。从周围的房屋屋顶到地面，整体就像一个巨大的花岗岩盆，内里光秃秃的，但会发出声音。在花岗岩盆底部的中轴，奔涌着一条恐怖的机械狂流。在那一天以前，汽车——我不是第一次见——从来没有让我觉得如此威严又如此狂暴，如此狡猾又如此顺从。没有任何人类走在它们的专享道路上。迪亚洛贝老师，我从未见过如此景象。在我眼前，是一个巨大的有人居住的城区，道路绵延数里，却又完全没有人走在上面，缺乏人类生气，我不由得陷入沉思。你能想象吗，老师，在人类之城的中心，完全禁止裸露双脚，禁止双脚与地面接触……"

"这是真的吗？在自己所居之处，人类的身形匆匆交错、消失，只留下毫无生气的空间，这是真的吗？"

有人如此理解自己，疯子高兴得发抖。

"是的，我看见了。老师，你知道，人类的身体十分精妙，先迈出一只脚，再迈出另一只脚，就能前进……"

"然后呢？"

"我看到了，在人类自己所居之处，大片毫无生气的空间。那里由机械统治。"

疯子不说话了。两人沉默了很长一段时间。然后，老师柔声问道："你还看到什么了？"

"真的吗？你想听我说吗？"

"是的，说给我听吧。"

"我看到了机械。那都是些壳，是卷起来、会移动的空间。可是你知道，这种空间没有任何属于自己的内在，因此也没有什么可失去的。它不会像人体一样受伤，只会打开。它驱逐人体，害怕一旦受伤，就会失去自己包裹着的人体。"

"我理解你的意思，继续。"

"这种空间会移动。可是你知道，静止本身才会突显移动，就像镜子一样。现在，它开始移动了。比起人体断断续续地踌躇前进，它的移动更为完善。它不会摔倒，能摔到哪里去呢？它驱逐人体，害怕一旦摔倒，就会无法继续移动。"

疯子不说话了。老师胳膊撑地，直起身来，看见他在哭。

老师坐起来，把疯子拉到怀里，让他的头枕在自己的肩膀上。他用手擦干男人的眼泪，然后开始温柔地安慰他。

"老师，我想和你一起祈祷，平复思绪。下流的混乱又一次出现了，向我们发起挑战。"

　　骑士摘掉眼镜，合上《古兰经》，面朝东方，久久不动。他脸上的神情严肃又平静。桑巴·迪亚洛躺在他身边的地毯上，左手拿着一本书，右手用笔翻页，同时注视着父亲。

　　"一定是真言在他脑中回响，"他心想，"他是那种合上经书也会继续祈祷的人。真主一直与他同在……不可或缺。我相信，正因为真主一直与他同在，才会在他那深邃的眼眶中嵌入一双如此澄净又安宁的眼睛。他的嘴非笑非哭。深刻的祈祷一定将他身上所有过度的世俗情感都燃烧殆尽了。我的父亲不是在生活，他是在祈祷……"

　　"等等！我为什么会这么想？我为什么将祈祷与生活对立起来？他在祈祷，不在生活……家里其他人一定不会这么想。我应该是唯一产生这种古怪想法的人，认为通过某种方式，能够脱离真主的存在而生活……真是稀奇，这种古怪的想法，我从何得来？我以前从未这般想过，否则我现在不会如此惊诧。无论如何，这是进化的想法，标志着我现在的心态区别于从前，变得明确和具体。有真主，也有生活，两者不一定合在一起。有祈祷，也有战斗，这个想法对吗？在我的内心，有一个人逐渐陷入沉睡，如果按照他的意思，我会回答：'不对，这个想法甚至是荒谬的，生活仅在第二位，只是间歇出现。唯有真主一直都在。生活只是真主存在的范围与方式。'"

"这个在我的内心沉睡的人，他说得对吗？痛苦源自生活，可痛苦也源自真主吗？还有比生活更简单、更平淡的，例如工作。既要为了生活而工作，养活我的家庭，又要和真主时刻在一起，我无法挣扎。我在阿登学校的老师总是在祈祷，除了种地的时候。确实，他种地的时候也会吟唱经文，但这和他跪在学校地毯上的祈祷不一样。我父亲也是一样，只不过他更明确一些。当他在办公室工作时，他比在田里耕作的老师离真主更远。父亲的工作耗尽他的心神。从极限上说，倘若工作完全消耗一个人的心神，就会使他始终远离真主……当然，并不存在某种会完全消耗一个人心神的工作。但在有的国家，长期都有很多人不信真主。也许……也许就是工作使西方越来越不信神……古怪的想法。"

"你在看什么?"

祈祷的间歇,骑士仍坐在地毯上,微笑着问他。

桑巴·迪亚洛把手里的书递给他看。

"《思想录》……嗯!帕斯卡尔。这应该算是西方最令人安心的人。可你要当心。他怀疑过,流亡过。当然他后来确实跑着回来了,为曾经的迷失哭泣,他高喊着'亚伯拉罕的上帝、以撒的上帝、雅各的上帝',而不是'哲学家和学者的上帝'。①他的迷途知返开始的时候像是奇迹,结束的时候像是恩典。西方人对奇迹和恩典知道得越来越少了……"

"我刚才正好在想,也许是因为西方人工作……"

"你想说什么?我不确定我是否理解了你的意思。"

桑巴·迪亚洛不敢一五一十地向骑士吐露他的想法,尤其是他适才发现的可怕问题。他对自己刚才的想法尚且大吃一惊,一五一十说出来岂非让父亲担心?他谨慎地组织自己的话:

"你提到了帕斯卡尔的流亡,也许是指他在写下《追思》之前

---

① 法国数学家、物理学家、哲学家帕斯卡尔才华横溢,但从小体弱多病。1654 年 11 月 23 日,帕斯卡尔乘马车遇险,侥幸存活。当夜(他称为"激情之夜"),他阅读《约翰福音》耶稣被捕前的祷告,陷入一种癫狂迷离的状态,撰写祷文《追思》,文中包含"'亚伯拉罕的上帝、以撒的上帝、雅各的上帝',而不是'哲学家和学者的上帝'"这样的句子。《追思》一文秘而不宣,藏于帕斯卡尔贴身衣衫,直到他去世后才被发现。——译者注。

的岁月……这一时期，尽管帕斯卡尔在精神上无依无靠，但他在科学研究中的成果却极为丰硕。"

"我明白了，但你的想法很奇怪。"

骑士沉默地看了儿子几秒，没有回答，反而提出一个新的问题："在你看来，我们为什么要工作？"

"为了生活。"

"我喜欢你的答案。但换作是我，我不会回答得那么绝对。我可能会用列举的方式回答，比如：'我们工作可以是为了生活，也可以是为了继续存在，期望增加我们的生命，如果期限无法增加——我们现在还做不到——那么至少增加强度。工作的目的就是积累。我们可以工作……为了工作而工作，这种现象并不罕见。'我的列举没有限制。你是否承认，我的说法比你的答案更接近真实，而且我的列举更准确？"

"是的。"

骑士双手交叉，把那双漂亮的手放在膝盖上，眼神游离。桑巴·迪亚洛心想："即便在思考，他看上去也像是在祈祷。也许他真的在心中祈祷？真主的确占据了他的全部身心。"

"所以，我们可以因为必要而工作，让需求产生的巨大痛苦停止，痛苦来自身体和土地；让所有声音停止，声音在我们耳边叫嚣着各种要求。我们工作的目的，是维持自我，保存种族。但我们也可以因为贪婪而工作。在这种情况下，需求的坑洞已被填补。我们不只是惦念着提前满足下一次的需求，而是狂热地积累，相信积累财富就是积累生命。最后，我们也可以因为癖好而工作。我不是指为了消遣而工作，比那要更狂热，是不知疲倦地工作。工作和性爱一样，都是为了种族延续，但倘若不能为自己的目的正名，两者都可能导致堕落。"

他似乎有些回神，换了个姿势，靠近桑巴·迪亚洛，心想："噢！他真是漂亮，我真喜欢他沉迷思考的样子。"

"现在，我们要不要以真主为依据，来拓展审视这些想法？"

"好的。就以工作是为了维持生活为例吧。我们来讨论这点，因为这是迫不得已的情况。即便在这种情况下，工作也会减少我们心中真主的分量。一想到这，我就格外受伤，因为这对我来说是矛盾的。生活的维持——需要通过工作得以实现——应该是一种善行。通过冥想感悟真主是典型的善行。两个目的在别处是一致的，这里的矛盾从何而来？"

他说话的时候，桑巴·迪亚洛垂下眼睛，既是为了集中精力听他说话，也是为了避开骑士的目光。骑士说完后，他才把眼睛抬起来。骑士一直保持着祈祷者的姿势，笑了起来，神情似喜似嘲。他的眼睛里仿佛有星辰大海。桑巴·迪亚洛心想："他在发光，这个修士在发光。"

"你为什么总要垂着眼？哲学小信徒，我们一起讨论啊。"

他停了一会，眼里的光黯淡下去，补充说：

"我更喜欢光明磊落地探讨所得的想法，而非独自一人暗中琢磨的想法，后者是有毒的，有时可能致死。"

他恢复平静，又笑了起来。

"年轻的哲学家，回到我们刚才的讨论。在我看来，既然这个想法让你焦虑，我们就应该凑近了看，去仔细剖析，挖掘其简单又纯粹的本质。不过，工作是为了维持生活，这个想法对我来说并不简单。还要考虑前提阶段。"

"当然，比如生活作为价值这个想法。"

"好样的！我们来看看，工作与生活如何通过证明关系联系起来。一切为生活证明、赋予生活意义的东西，以同样的方式由果溯因地赋予工作意义。"

"我明白你的意思了。当生活在真主面前得以证明，一切维持生活的东西——工作也包括在内——同样也会在真主面前得以证明。"

"没错。实际上，要使工作在真主面前得以证明，前提必须是工作用来维持的生活在真主面前得以证明。如果一个人信真主，他牺牲祈祷的时间用来工作，也可以被视作祈祷，甚至是非常崇高的祈祷。"

桑巴·迪亚洛沉默良久。骑士也收敛了笑意，沉浸在自己的思绪中。

"我补充一点，不过这只是我个人的想法，在真主面前得以证明的生活不应过度。与真主的伟大比起来，个人无比渺小，只有意识到这一点，生活才有可能臻至圆满。生活会在过程中逐渐增长，但这一点无关紧要。"

"可如果生活不能在真主面前得以证明呢？我是说，如果有的人工作，但不相信真主呢？"

"这样的话，除了他从工作中获得的利益，证明他的工作又有什么紧要的呢？在这种情况下，生活不是善行。生活只是生活，和表面上一样短暂。"

两人又沉默，骑士首先开口：

"西方正在颠覆这些简单至极的道理，但这是我们的立身之本。西方先是小心试探着把上帝降级，给上帝加上双引号。两个世纪以后，西方更自信了，便宣称'上帝已死'。从那天起，狂热的工作时代拉开了序幕。尼采便生活在工业革命时代。上帝不再作为人类活动的权衡与证明。工业不就是这样？工业是盲目的，尽管最终，工业有可能将所有生产的财富分给人类……但尼采的话已经过时了。上帝已死后，现在我们可以宣称：人类已死。"

"我没听懂。"

"我们无法再估量生活和工作。过去，一个生命的工作只能养活一个生命。现在，人类的技艺打破了这条铁律。一个生命的工作可以养活好几个生命，越来越多的生命。而且西方很快就不再需要人类来生产工作。到时，只需要很少的生命，就能完成海量的工作。"

"可在我看来，我们应该为这样的未来欢欣鼓舞才对啊。"

"不是的。工作如果不需要人类生命就能完成，如果不再将人类生命视作最终目的，就不会再珍视人类的价值。人类的数量越来越多，却没有比此刻更加不幸过。无论在哪，都不会出现这种数量增多，却反而被轻视的情况。这也是为什么在我看来，西方历史揭示了人类为自身提供的保证是多么不足。人类想要幸福，上帝就必须存在，提供保证。"

他沉默片刻，面露沉思之色，补充说：

"也许帕斯卡尔已经意识到了，也许他富有洞察力的目光从远方看到了在方法论上毫无远见的学者们没有看到的东西。"

骑士突然抬头望天，说：

"已经黄昏了，祈祷吧。"

此刻，桑巴·迪亚洛找回了心灵的安宁。父亲的话就像以往老师的话一样，让他再次平静下来。有人相信，也有人不相信，界限分明，没有人处于中间地带。

　　因此，相信的人，就像骑士说的，是在真主面前证明自己的人。桑巴·迪亚洛奔涌的思绪停下来，审视这条全新的路径。这种想法没错。他对自己说，事实上，信仰的行为就是忠诚的行为。没有信仰者不会从这种忠诚中提取特殊含义。因此，即便非信仰者和信仰者做出完全相同的物质行为，信仰者的行为如果出于自愿，那么从本质上而言，两者也是不同的。工作也是如此。思绪奔涌间，桑巴·迪亚洛仿佛听到了多年前老师的声音在记忆中回荡。他正在评论《古兰经》中的一句经文："真主创造了我们，我们和我们所做的一切。"他强调句子的第二部分，说第二部分必然源自第一部分。他补充说，真主的伟大在于，让人类感到无比自由。"鱼必须生活在水中，可难道水里的鱼就没有天空中的鸟自由吗？"桑巴·迪亚洛费了一番力气，才将思绪从有关老师的回忆中抽离。

　　"如果一个人信真主，他牺牲祈祷的时间用来工作，也可以被视作祈祷。"骑士说得没错，逻辑自洽，回答了自己刚才产生的疑问。此刻，桑巴·迪亚洛找回了心灵的安宁。他跟在骑士后面，开始平静地祈祷。

　　完成祈祷后，他重新陷入沉思。他反复考量骑士的论断，细细斟酌。每当他抓住脑海中清晰的想法，就像验证成色似的反复考量时，他总能体会到异常的愉悦感。他很肯定，不管他用什么方式验证，这些想法总是一致且稳定的，也应当如此。自己的想法能经受住考验，他很是高兴。与此同时，他也是在磨炼自己的智慧，就像在磨刀石上磨剃刀一般。

"信神者的工作在上帝面前得以证明。"他怎么思考都觉得这话没错。信仰……就是承认自己的意志是神之意志的一小块。由此，意志的产物——行动——就是神的产物。他的思绪此时又将他带回过去，他想起笛卡尔的一段话。他是在哪看到的？也许是《形而上学的沉思》。他记不清了。他只能想起法国大师的这段论述：上帝与人之间的关系首先是从意志到意志的关系。还有比这更亲密的关系吗？

"这样的话，大师的观点都是一致的。笛卡尔，还有迪亚洛贝的老师，以及我的父亲，他们都感受到了这一观点的跨越时代性。"桑巴·迪亚洛发现三人观点的一致性，不由更加欣喜。

他心想："此外，从上帝而来，从意志到意志，就是承认上帝的律法，使人世间公平和谐的律法。工作不应成为人世间必然的冲突来源。"

夜幕已经完全降临。穿着华丽长袍的骑士仍然跪着，面朝东方，一动不动。桑巴·迪亚洛躺在他身边，睁大眼睛望着屋顶，似乎能透过屋顶看到缀满星辰的夜空。

"信仰的秩序和工作的秩序之间没有冲突。上帝之死不是人类继续生存的必要条件。"

桑巴·迪亚洛看不到星光熠熠的夜空，但他的内心和星空一样平静。桑巴·迪亚洛不存在了。取而代之的是数不清的星星，冰冷的土地，夜晚的阴影，所有这一切的共存。

"想法出自共存的一切，就像水滴落在水面中央晕开的波纹。可是有人不信神……"

桑巴·迪亚洛突然看到了夜空。一道闪电划过，他注意到夜空沉静的美。

"有人不信神……我们这些信神的人，我们不能抛弃不信神的兄弟。世界属于我们，也属于他们。工作对他们来说是法则，对我们来说也是。他们是我们的兄弟。我们和他们一起，建造彼此共住的家园，他们对上帝的无知并不罕见，就像工地上的事故一样。我们岂能抛弃他们?"

"我的真主，除了那些遗忘你的人外，从历史的开端直到今天，都有人从未认识过你的恩赐，我们岂能抛弃他们? 我们祈求你接纳他们，唯有你才知道如何接纳你想接纳之人。他们和我们一道建设着世界，有他们在，我们才能每天少一些牵挂，多一些时间来追随你、崇拜你。人类获得自由不应以你的恩赐为代价。对吗?"

桑巴·迪亚洛坐起身，张嘴想问骑士。但他不敢开口。

"怎么了?"父亲问他。

"太冷了,"他回答,"我要去睡了。"

下部

桑巴·迪亚洛走进客厅时，所有人都不约而同地站了起来。露西安脸色红润，面带微笑，上前来迎接他。她伸出手，笑着问他：

"苏格拉底最终喝下毒药了？①"

"没有，"桑巴·迪亚洛也笑着回答，"献祭船还没有从提洛岛

---

① 公元前399年，雅典民主派重要人物阿奴图斯通过莫勒图斯控告苏格拉底，称其不敬神明，败坏青年。苏格拉底在雅典议会为自己辩护，坚持真理，不愿说谎。经过两轮审判，苏格拉底被判死刑。苏格拉底拒绝缴纳赎金以免于一死，认为这样就是承认有罪，苟且偷生。被判死刑的人原本应该在当天日落后执行。但前一天，驶向提洛岛向阿波罗神献祭的船已经举行了装饰船尾的仪式，代表献祭已经开始，从那时起直到献祭船从提洛岛返回雅典抵岸为止，期间不能执行死刑。因此，苏格拉底在狱中被关了30天左右，直到献祭船从提洛岛返航。行刑当天，苏格拉底从容喝毒药身亡。——译者注。

返航。"

露西安对她父母解释说：

"桑巴·迪亚洛在准备我们的小组作业，是有关《斐多篇》①的。他如此痴迷，我还担心他会忘了过来。"

然后她向桑巴·迪亚洛介绍她的家庭成员：父亲，母亲，还有堂兄皮埃尔——一个医学生。

"先生，请您原谅我们准备得如此简单，"马尔斯雅尔太太说，"我和露西安希望您就像在自己家里一样自在。"

"感谢您的体贴，女士，也感谢您的邀请。"

"补充一句，您的回答也就是出于礼貌，"露西安的父亲开玩笑说，"我的妻子觉得您的非洲背景和我们的背景没什么不同，只是没那么复杂而已。"

男人藏在矫正镜片后的眼中闪烁着狡黠的光芒。

保罗·马尔斯雅尔是个牧师。他身材健壮，几乎有些笨重。和实际年龄比起来，他的脸看上去有些苍老，可藏在镜片后的眼神还是年轻人的淘气模样。他的头发灰白浓密，宽大的额头让桑巴·迪亚洛想起了迪亚洛贝的老师。两人肤色不同，一个白，一个黑，而且老师的额头因为长时间的跪拜而变硬，但两人的额头

---

① 苏格拉底喝毒药身亡时，弟子斐多在场，他向厄刻克拉底讲述当时的情况，柏拉图据此在《斐多篇》中详尽地记录了先师生命的最后时刻。

都同样宽大。他的鼻子细长，嘴角下垂。桑巴·迪亚洛发现这张嘴嘴唇干燥，说话时肌肉紧张，老冒出一些无聊之语。但他的额头散发着宁静的气场，双目炯炯有神，似乎是为了抵消这张可怕的嘴里吐露的混乱。但此刻，男人正在使劲开玩笑，看到自己的评论让妻子尴尬，他似乎很高兴。

"你呀，借别人的嘴说你想说的话……"马尔斯雅尔太太抱怨说。

"回得好！我的姐姐！"皮埃尔扭头，接着对桑巴·迪亚洛说："在您面前的是你们这些哲学家所谓的，如果我没记错的话，叫'辩证对'。您是不是觉得自己像个仲裁者？"

马尔斯雅尔夫妇面面相觑，目瞪口呆的样子引得旁人发笑。

"我可怜的玛格丽特，你听到了吗？我们是一对活宝夫妇……"

他们假装伤心，抱在一起，大家被逗得前仰后合。

露西安让他们坐下来，她去取饮料。她回来时，把一个杯子递给桑巴·迪亚洛，他伸手去接，却半途停了下来。

"哦！露西安，我真糊涂。忘了告诉你了，我不喝酒。不，不，你不用换了，我不渴。"

"没事，没事，"马尔斯雅尔太太说，"给他倒杯橙汁。露西安，家里有橙汁。没事的，别不好意思！"

桑巴·迪亚洛感到震惊。自从来到法国，他已经不记得有多少次，在他与人第一次接触的脆弱时刻，他拒绝喝酒，瞬间就把气氛给搞砸了。

"怎么，您不喝酒？您一滴酒都没喝过？"皮埃尔惊愕万分地问他。

"没喝过，"桑巴·迪亚洛表示歉意，"我的信仰不允许我喝酒，我是穆斯林。"

"可我真的认识很多穆斯林都喝酒，阿拉伯人，黑人……"

"是的，我知道。"

马尔斯雅尔先生端详着桑巴·迪亚洛，心中暗赞："看看他说这话的样子，多么坚定！作证言就像风中的旗帜一般猎猎作响。"

露西安和她的母亲在厨房和餐桌间来回穿梭。桑巴·迪亚洛感到皮埃尔和牧师都注视着他，便举起杯子，喝了口果汁，尽量显出轻松的样子。他听到牧师对他说："露西安经常在家里说起您。她说您对哲学学习充满热情，才华横溢，让她印象非常深刻。"

"您女儿太善良了，先生。她委婉地用这种赞美方式，来告诉你们学业带给我的巨大痛苦。"

"您以后打算从教吗？"

"也许我会去教书吧。这取决于我完成学业时会发生什么。您知道，我们的命运，我们这些黑人学生，有些像信使。我们离开家乡的时候，不知道自己是否还会回去。"

"回去的话取决于什么？"皮埃尔问。

"我们可能会在旅途的终点被俘虏，被冒险本身征服。我们突然意识到，在整个行进过程中，我们都在自我变形，我们已经变成了另外的样子。有时候，变形没有完成，我们变成了'四不像'，而且保持那种状态。于是我们躲起来，满心羞愧。"

"我相信您，您永远不会感到羞愧，也永远不会迷失自己，"牧师笑着说，神情很是温柔，"我相信您是那种始终会回到源头的人。而且，不正是这种源头的吸引力才驱使您研究哲学的吗？"

桑巴·迪亚洛在回答前犹豫了一下。

"我不知道。我现在思考的时候，不禁会想，危险也有其病态的吸引力。我选了一条最可能迷失自我的路。"

"为什么？"皮埃尔问，"出于自我挑战？"

牧师回答了这个问题，他对桑巴·迪亚洛说：

"不，我相信是出于正直，对吗？您选择通过哲学来了解我们，这对您来说是最具特色、最根本的途径。但我想问您的是：您从我们的思想史中观察到的一切，对您来说是完全陌生的，还是有些似曾相识？"

桑巴·迪亚洛回答得没有半分犹豫，就像他曾经深入思考过这个问题一样。

"在我看来，你们的思想史像是出过一次事故，走偏了，最后脱离了正轨。你们明白我说的话吗？实际上，我认为苏格拉底的轨道和圣奥古斯丁①的轨道没什么不同，尽管两者之间夹着基督。轨道是同一条，直到帕斯卡尔。这是所有非西方思想的轨道。"

"是什么？"皮埃尔追问。

"我不知道，"桑巴·迪亚洛回答，"但你们不觉得帕斯卡尔和笛卡尔的哲学轨道已经有所不同了吗？不是说他们关注不同的问题，而是他们以不同的方式关注问题。不是谜团变了，而是提出的问题变了，人们期待的答案也变了。在解谜的过程中，笛卡尔更谦虚，如果说由于这种谦虚和他使用的方法，他获得了更多的答案，那么必须承认，这些答案与我们的相关性更低，对我们的帮助也更少。你们不这么看吗？"

皮埃尔怀疑地撇了撇嘴。

牧师笑着说："即便您觉得支撑不够，也请牢牢坚持您的观点。您的观点是一道分界线，您这边的人每天都在减少。与此同时，对面的人依靠片面的答案积累自信与成就感，给自己带去错

---

① 圣奥古斯丁（354—430），出生于古罗马帝国时期的北非地区，他将柏拉图和新柏拉图主义的思想转换为基督教思想，影响了基督教教会和西方哲学的发展。代表作包括《忏悔录》《论三位一体》《上帝之城》《论自由意志》等。——译者注。

误的认知。"

马尔斯雅尔太太走过来，让大家上桌吃饭。

牧师正准备做餐前祈祷，发现桑巴·迪亚洛已经开始了。年轻人简短地祈祷，声音几不可闻。

大家开始用餐。露西安对桑巴·迪亚洛说："你知道吗，爸爸差点就去非洲做牧师了。他没跟你说吗?"

"啊?"桑巴·迪亚洛的视线在牧师和他女儿身上来回游移，用眼神发问。

"这是很早以前的事了，"马尔斯雅尔先生的神情略带忧郁，说，"我原本梦想着去非洲，去没有任何军人、任何医生——不管好坏——曾经去过的地方，在那建一个传教会。我们只有上帝之书为伴。我们的任务只是传教，我打算什么药也不带，即便是最轻便和最有效的药。我们的身份是传教士，我希望我们传播的上帝启示仅以自身力量存在，对我们来说，这是完全意义上的效仿基督。此外，我不会只满足于将人感化成信徒。我期望在上帝的帮助下，你们信仰上帝的例子能够重新激发我们自己的信仰，我们建起的黑人教堂能很快接过我们使命的接力棒，为传播信仰奔走四方……当我把这个计划告诉上级的时候，他们不假思索就指责我过于天真。"

他停了下来。桑巴·迪亚洛感觉，他在讲述自己的旧日梦想时，似乎过于匆忙和简略。"他的故事中还有许多未尽之言，"他心想，"例如，尽管他最后屈服了，但实际上他的上级并没有说服他；还有，他经历过巨大的内心冲突，才最终下定决心。"

"就我而言，我要说，他们没听您的，真是令人无比遗憾。"他对牧师说。

"嗯？你真的认为向你们派遣牧师要比派遣医生更紧急？"露西安问道。

"是的，如果你要我在心灵信仰和身体健康之间做选择的话。"桑巴·迪亚洛回答。

"那我们要庆幸这只是一个假设，"露西安说，"我敢肯定，如果命运使然，要你做选择……"

"命运已经要我做过选择，现在依旧要我做选择。因为无法抉择，我的祖国正在死去。"

"我觉得这是完全荒谬的！"

"露西安！得啦！"马尔斯雅尔太太打断她的话。

露西安涨红了脸，既生气又困惑。她的目光在牧师和桑巴·迪亚洛身上徘徊，仿佛难以抉择。两个男人似乎被同一种情感触动。他们的眼底，他们的嘴角，都流露出温柔却不赞同的神色。

"我不是要质疑信仰的价值，"露西安的声音恢复平静，"我只想说，拥有上帝不应该让人失去任何其他可能性。"

"我明白，"桑巴·迪亚洛说，"关于选择的丑陋真相很难让人接受。不过选择一直都在……我觉得这是你们历史的产物。"

他的声音里似乎多了分尖锐，补充说道："就我个人而言，如果国家的方向由我来决定，要接受你们的医生和工程师，我会十分审慎，我不知道自己会不会在见第一面时就予以反对。"

"那至少知道在对抗时，你自己会身处哪个团体，"露西安说，"你的理由也许站得住脚，可惜的是，那些维护这个理由的人不一定会像你和我爸爸一样纯粹。他们会用这个理由伪装自己，掩饰自己要让历史倒退的企图。"

桑巴·迪亚洛突然变得忧郁起来。

迪亚洛贝老师慢慢地用白色头巾给邓巴缠完头①，又不知疲倦地要跪下来。他左手撑住膝盖，右手掌心朝下，颤抖着往地上靠，右手放到地上以后，左手也离开膝盖，往地上放。边上的人一动不动，屏息凝神注视着。

可以肯定的是，这世上没有人和迪亚洛贝老师一样，跪下过那么多次，因为没有人和他一样，祈祷过那么多次。他现在仍要每天跪下祈祷二十多次。年老体衰，再加上风湿病的困扰，让他

---

① 学生在完成《古兰经》学校的学习（一般需三四年）以后，符合条件且自愿者，可继续深造。此时学生可取得缠头资格，参加对外宗教活动，受信徒邀请料理宗教事务。完成这一阶段的学业以后（一般需六七年），学生算作"毕业"，才有资格到《古兰经》学校任教。此处迪亚洛贝老师给邓巴缠头，是在举行传承仪式，即《古兰经》学校的老师此后将换成邓巴。——译者注。

跪下的动作每每显得怪诞又痛苦。旁观者喘着粗气注视着这一幕，十分动容。

他弯曲膝盖，缓缓跪在地上。膝盖带动整个身体弯曲，发出咔咔声。突然，他整个人倒在地上，一动不动，只听见他喘气的声音。旁观者中，有一个角落传出了啜泣声，又很快克制住。

老人面朝下躺在地上，他挣扎着翻身，仰面朝天，又停下来重新积攒力气。他用手肘撑地，抬起胸腔，最终坐起来。旁观者中冒出一声叹息，盖过了老师的叹息声，此后，一片寂静。

"我什么也不是，"老师气喘吁吁地说，"我恳求你们与我一起感知，赞同我的话，我什么也不是。我只是一个微弱的回声，在有生之年，自称为真言传话。自命不凡，可笑至极。我的声音埋在别的声音之下，仅余一涓细流。我自称为之传话的真言是一条随时会决堤的大河。我的声音微不足道，也无法让人听到，过去已经两次被封堵，被囚禁。我的声音上达天听，抑或是泯然众人，可从始至终，真主的存在无增无减。我是徒劳的回声。你们感觉到了吗?"

"我们能感觉到。"疯子克制住啜泣，回答道。

"真言织出事物，比光织出白昼的方式更为紧密。真言超出你们的命运，超出计划的那面，也超出行动的那面，这是一切永生的三要素。我崇敬真言。"

"老师，你的话超出了我们的理解能力。"铁匠说。

"我不是在对你们说。"

"教导我们吧。"

老师看着男人，目光仿佛能够洞穿人心，对他说：

"一天早晨，你醒了。波涛汹涌之后，黑暗的潮水已经远远退去，醒来的不是别人，是你。阳光洒下来，你却隐约感觉一种莫名的焦虑在滋长，吞噬你的心：被自己梦中的死亡景象吓坏的人，是你，你摆脱回忆，艰难起身。你相信真主。你急匆匆跑去祈祷。家里没有食物了，但今天必须得吃饭，这是你的家在等你供养。这个家，你既痛恨，又热爱。你朝家人微笑，深情地注视着他们。你起身去街上，遇到的人都和你一样。你朝他们微笑，他们朝你微笑；你要是咬他们，他们也会咬你；你爱他们，也恨他们；你走近他们，又离开他们；你战胜他们，他们也打败了你；你回到家，筋疲力尽，带回食物。你的家人吃着东西，你笑了，他们也笑了，他们心满意足，你感到不快：又要出门了。家里没有食物，但又必须得吃饭，这是你的家在等你供养。被自己梦中的死亡景象吓坏的人，是你，你摆脱回忆，艰难起身。你相信真主。你急匆匆跑去祈祷……我在说谁？"

"在说我，老师。"铁匠惊骇地回答。

"不，"老师说，"我在说我自己。"

疯子再次开始啜泣，旁若无人地哭出声。

"这个老人正在哀悼自己登顶失败，可还有人比他更熟悉山顶的风景吗？"邓巴心想，"他感到头晕眼花，便让位给我。他认为自己头晕眼花，是因为年纪大了。他做得没错。我年轻，更有冲劲，闷头向前，正该如此。他在踟蹰不前，我会披荆斩棘。但这真的是年龄的问题吗？我敢肯定，桑巴·迪亚洛在我的年纪也踟蹰不前。而我不会轻易受外界影响，我以后会披荆斩棘。"

"这个年轻人代替老师是件好事，"大皇姐在心中肯定，"他没有，以后也不会像这个老人一样。比起包围着我们的胜利者的价值，老人更偏爱传统价值，即便后者已经腐朽不堪，只是在垂死挣扎。这个年轻人很大胆。他不会被神圣的说法吓倒，这是只初生的牛犊。他比其他人都合适，他知道如何迎接新世界。换作从前，老师会在精神上永生，我的弟弟也一样，还有我的堂弟……是的，桑巴·迪亚洛也是。可怜的孩子，如果他出生在我们祖先的时代，我相信他会成为我们的引路人。可如今……如今……"

"我怎么就放他离开了呢？"迪亚洛贝酋长在心中问自己，"眼前这个年轻人刚被任命为迪亚洛贝的老师，他和桑巴·迪亚洛同龄。如果桑巴·迪亚洛还留在这，如果老师没有给他缠头的话，我就让他接我的班，做迪亚洛贝的酋长。他会指挥好迪亚洛贝的行进路线，那是一条夹在旧世界和新牧场之间崎岖的羊肠小道，大家都想在新牧场里放牧、嬉戏、迷失自己。看看如今是怎样一幅局面吧，我对面是这个年轻人，只有他，我的老伙伴——老师——抛弃了我。"

这时，老伙伴笑了，他刚给疯子擦干脸上的泪水。迪亚洛贝酋长看着他，好奇是什么话让他突然那么开心。是疯子把他逗笑的。疯子还是穿着紧身军服上衣，正跪在老师面前，握着他的胳膊，低声说话。笑容同时在两人脸上绽开。他们彼此凑得很近，似乎不想被人听到他们说的话。

"老师，您愿意现在带着大家祈祷吗?"酋长问。

老人把疯子轻轻推到一边，面朝邓巴，伸出手摆出祈祷的姿势。其他人都跟着他祈祷。

祈祷结束了，邓巴宣布，从第二天开始，他会修改《古兰经》学校的作息时间。这样一来，所有父母只要愿意，都可以把孩子送去外国学校。他总结说:"因为先知（愿主福安之）曾说:'学问，虽远在中国，亦当求之。'"

桑巴·迪亚洛一眼就认出了迪亚洛贝酋长的字迹。他抓起信，跑上楼。

"人类的命运就是变老，然后死去。人类如何宣称自己能每时每刻控制——这是种艺术——岁月的流逝与正在变化的年轻一代的愿望?"他的堂兄在信中写道，"没有人比我更了解迪亚洛贝。人们还没意识到自己的愿望，我就已经感知到了。我是迪亚洛贝的高山，接收并反射来自世界深渊的第一束光。我总是走在前面，不担心，也不自满。我同时也是后防线。我从不满足，直到实现迪亚洛贝人的最后一个愿望。那曾是美好的时光，在我的治下，大家都各得其所。"

桑巴·迪亚洛停下来，心想：他是他自己，他也是迪亚洛贝，两者的统一体无懈可击。噢，我的迪亚洛贝，在你的疆域里，直到昨天，一和多还是相伴相生的。我知道那幅场景是真实的记忆，不是做梦！酋长和众人，权力和服从，本是同根生，本属同一枝。知识和信仰出自同一个水源，汇入同一片大海。在你的疆域里，我们仍有可能穿过庄严的大门，走进世界。我原本是主人，离老师只有一步之遥，我原本可以跨过那道门槛，进入存在的隐秘内核，占据其中，与之融为一体，我们当中没有人会位居他人之上。迪亚洛贝酋长，为什么我要跨出你王国的边界呢？

他继续看酋长的信："今天，我如海浪拍打下的礁石一般静止不动，但周围的一切都在逃离，在坍塌。我不再是基石，而是绊脚石，人们要绕开我，避免被绊倒。如果你能看到他们窥伺我的眼神！他们的眼神中充满关切和怜悯，还有粗暴的决心。当命定的时刻到来时，如果我有选择，我会慷慨赴死。

"唉，我甚至做不到像你原来的老师这样，把自己生命中属于大家的那部分挖出来，放到他们手里，自己退场。

"一天晚上，他来找我，你知道这是我俩的老习惯了。疯子现在和他寸步不离，正握着他的手臂。两个人笑得像孩子一样，显然在一起很开心。疯子说：'山谷来向高山请辞。'我突然觉得格外伤心，自我父亲去世以来，我从未如此伤心过。'世界之心在深谷跳动……'老师打断疯子的话：'嘘，闭嘴，你答应过我会听话。如果你不听话，我们就走。'疯子不说话了。

"我的目光紧跟着老师。他看上去并不难过。

"他对我说：'明天，如真主所愿，我会把头巾留给邓巴，为他缠头。'

"我点点头：'如果您已经下定决心，结果一定会好的。'

"'您知道我有多蠢吗？'他问我，'好长一段时间以来，我都知道自己是大家通往幸福的唯一障碍。我自欺欺人，假装自己不是障碍。我希望——可我现在才知道这一点——大家越过我去获取幸福，这样我就可以不违背自己的良知。'

"'您对自己太苛责了。'

"'您怎么知道？'

"'您不是在捍卫自己，而是在捍卫真主。'

"'真主在这做什么呢？您看，我还利用了您。真主是我的大宝库。我通过自己的态度向大家暗示，我在捍卫真主。可是我想问您的是，我们可以捍卫真主，对抗众人吗？谁可以这么做？

谁有权利这么做？真主属于谁？谁没有爱真主或嘲讽真主的权利？想想吧，迪亚洛贝酋长，爱真主或恨真主的自由是真主的终极恩赐，任何人都无法剥夺。'

"'老师，我说的是住在迪亚洛贝土地上的人。他们在我们眼里就像孩子一样。我们有责任取走他们的自由，用来满足他们的利益。'

"'对您来说没错，对我来说不是这样。'

"他沉默良久，重新开口时，语气又悲伤起来。

"'我曾经有过可耻的想法：真主是人类通往幸福的障碍。这种想法真是愚蠢，我的真主，我真愚蠢！事实是，总有奸猾者利用真主。他们奉献或拒绝真主，就好像真主是属于他们的一样，以此来操控其他人服从他们的意志。迪亚洛贝酋长，想一想吧，有时候，众人反对奸猾者的叛乱，被视作众人反对真主的叛乱。可事实完全相反，这种叛乱是所有圣战中最神圣的！'

"就这样，他跟我聊了很久，将我拒绝的理由一个个推翻，为自己此前的卑劣忏悔。疯子已经在角落里睡着了……"

信从桑巴·迪亚洛手中滑落。

他心想："别想了。他们的问题和我有什么关系呢？我有权利和老人一样，退出他们欲望、弱点、肉体交缠而成的竞技场，退回到自己的内心。毕竟我只是我自己，我只有我自己。"

他站起来，洗漱一番后，上床睡觉。那天深夜，他发现自己忘了做晚祷，不得不强迫自己起床祈祷。

"我的真主，你还记得我吗？你填满我的灵魂，我曾因此哭泣。我请求你，不要让我变成器皿，我已经感觉到你的流失。某一天，倘若还有一道微光在燃烧，我没有要你将其变成熊熊火焰。你想要我。你不会就这样忘记我。我不会接受，我们之间，我独自一人遭受你的疏远之苦……

"你还记得吗，你是如何用自身的存在滋养我的存在。由此，无限滋养时间。你就像深深的海洋，我的思想在其中遨游，与此同时，一切都在其中遨游。通过你，我和一切成为同一片海浪。

"他们说人类被虚无分割，人类是一片群岛，各个岛屿底部没有支撑，淹没在海里，这是虚无。他们说海洋中，一切不属于海洋的东西都漂浮其上，这是虚无。他们说真理是虚无，而人类，是多重变形。

"你呢，你祝福他们的恶习。你将成功赋予他们，似乎易如反掌。在他们不断蔓延的谎言海浪之下，财富结晶成宝石。你的真理越来越无足轻重，我的真主……"

清晨，桑巴·迪亚洛醒来，发现自己跪在祈祷毯上，浑身酸痛。

他想，他应该给父亲写信。

六月快要结束了，巴黎已经酷热难当。

桑巴·迪亚洛沿着圣米歇尔大道①缓缓往下走。热气熏得他昏昏欲睡，他近乎麻木地走着。一丝纤细清晰的想法艰难地穿透包裹住感官的厚重气团，就像一小股冰凉的水流穿过懒洋洋的温热大海。桑巴·迪亚洛试图集中注意力，抓住脑海中那道微光的移动轨迹。

他心想："街道都是光秃秃的。不，街道上并非空无一物。有肉体，有铁器。可除了这些，街道上空无一物。啊！我们还会见到街道上发生的事件。连续不断的事件充斥了时间，就像各种各

---

①巴黎拉丁区两条主要街道之一，是一条南北走向的林荫大道。——译者注。

样的物件充斥了街道。事件机械而紊乱，时间受其阻扰。我们无法感知时间深处及其缓慢的流逝。我走着。一脚在前，一脚在后，一脚在前，一脚在后，一……二……一……二……不！不要去想！一……二……一……二……我得想想别的事。一……二……一……二……一……马尔特·劳里茨·布里格①……天呐！是的……我就是马尔特·劳里茨·布里格。和他一样，我沿着圣米歇尔大道往下走。街道上什么也没有……除了我……我是说，只有我的身体。我触碰我的身体，我的手放在裤子口袋里，隔着布料碰到大腿。我想到右脚大脚趾，除此之外，别无他物。除此之外，他们的街道空无一物，他们的时间被阻滞，他们的灵魂淤塞其下，在我右脚大脚趾之下，在事件之下，在肉体与铁器之下……肉体与……"

突然，他感到身体前方有障碍。他想要绕开，障碍却如影随形。桑巴·迪亚洛意识到，有人试图引起他的注意。

"您好，先生。"障碍说。

---

① 出自奥地利诗人、作家莱内·马利亚·里尔克（Rainer Maria Rilke, 1875—1926）历时数年完成的笔记体小说《马尔特·劳里茨·布里格的笔记本》（*The Notebooks of Malte Laurids Brigge*），又译《布里格手记》《马尔特手记》。主人公是28岁的丹麦没落贵族布里格，他浪迹巴黎，写下71篇札记，没有连续情节，看似各自独立，大致包括布里格的巴黎印象、童年回忆，以及他对认知、写作、时间、存在和历史的反思，被誉为现代存在主义最重要的先驱作品之一。——译者注。

这个声音把他拉回现实世界。桑巴·迪亚洛面前，站着一个上了年纪的黑人。此人尽管年纪大了，但个头看上去和年轻人一般高。他穿着旧衣服，衬衫的领口似乎不太干净。花白的头发上扣着一顶黑色的贝雷帽，帽檐没在蓬松的头发里。他握着一根白色的手杖，桑巴·迪亚洛因此望向他的眼睛，想看看他是否失明。老人没有失明，但他左眼球上覆着一层白膜，右眼完全正常，只是流露出疲倦的神色。老人咧嘴笑着，露出一口黄牙，彼此间隙很大，歪歪斜斜。

"您好，先生。"桑巴·迪亚洛回复道。他此刻已经完全脱离了身不由己的神游状态，因此心情很是愉悦。

"请原谅老家伙无缘无故拦下您。可我们是同胞，对吗？您来自哪个国家？"

"我来自迪亚洛贝。"

"啊，黑非洲！我很了解你们，比如你们出了两个议员，史上第一次，布莱兹·迪亚涅①和加兰杜·迪乌夫②，我记得都是塞内加尔人。如果您不急的话，我们要不要找个地方坐下来？"

他们在一家咖啡馆的露台区落座。

---

① 布莱兹·迪亚涅，塞内加尔政治领袖，达喀尔市长，是第一个进入法国议会和第一个在法国政府任职的撒哈拉以南非洲人。——译者注。

② 加兰杜·迪乌夫，法属西非境内第一个非洲民选官员。——译者注。

　　"我叫皮埃尔-路易。我做过二十年法官，在黑非洲好多地方任职过。之后，我在指定的时间退休。我开始厌倦这个麻烦的系统，所以我从法官席上走下来，摇身一变成了律师。十二年来，我为加蓬、为喀麦隆的同胞辩护，控诉法国政府和法国移民。这些该死的移民……"

　　"您具体来自哪里?"

　　"我不知道。我的曾祖父叫穆罕默德·卡蒂——是的，卡蒂，和《西非编年史》①的作者同名——两人甚至来自同一个地方，旧时马里帝国的中心区域。我的曾祖父曾沦为奴隶，被带到岛上，有人给他起了个新名字，叫皮埃尔-路易·卡蒂。他不想玷污'卡蒂'这个姓氏，就把'卡蒂'从名字里去掉了，只用'皮埃尔-路易'。您要喝点什么?"他问桑巴·迪亚洛。

　　侍者接完单，走开了，皮埃尔-路易接着和桑巴·迪亚洛聊天。

　　"刚才说到哪儿了? 啊，对了，我在说那些法国移民和法国政府，他们都在以可怜的喀麦隆人和加蓬人为食。哈! 哈! 哈!"

　　老人大笑，笑声就像从胸腔底部发出的咳嗽，他的嘴张着，但他的脸——不管是嘴还是眼睛——都几乎没有参与到大笑中。

---

　　①《西非编年史》，由非洲穆斯林学者穆罕默德·卡蒂（Muhammad Kati）于17世纪下半叶所作，记录了西非桑海帝国的历史。——译者注。

笑声停留在胸腔，猛然开始，又猛然结束，没有逐渐减弱的过程。

"在喀麦隆，一切诉讼的根源都是法国人声称比他们的前任——德国人——拥有更多的权利。先生，您学过法律吗?"

"没有。"

"太可惜了。所有黑人都应该学习白人的法律：法国人、英国人、西班牙人，所有殖民者的法律，还有他们的语言。您应该学过法语……我是说，很精通。您学什么专业?"

"我在完成哲学本科学业。"

"啊，太好了，我的孩子。这很棒。您知道，一切都要看他们的法律和他们的语言。他们的法律，他们的语言，构成了他们民族特性的框架，包括最伟大也最有害的东西。好了，我刚才说到哪了? 啊，是的……所以，法国人，国际联盟①的受托人，不能拥有比委托人更多的权利。可您知道在喀麦隆问题上，国际联盟本身从德国那继承了什么? 是诉讼! 仅此而已! 哈! 哈! 哈! 是不是很吃惊? 我家里有文件，到时可以给您看。您会发现德国人和喀麦隆统治者签署的是友好和保护条约。德国皇帝与喀麦隆统治者平等相处，喀麦隆的王子和日耳曼帝国的继承人一同在帝国宫

---

① 国际联盟，简称国联，是《凡尔赛条约》签订后组成的国际组织，旨在保障国际和平与促进国际合作。国联成立于 1920 年 1 月 10 日，解散于 1946 年 4 月，高峰时曾拥有 58 个成员国。——译者注。

廷中长大。他们想要我们相信，德国人是种族主义者……程度胜过其他西方白人国家。这不是真的！希特勒，没错，以及纳粹，还有世界各地的法西斯分子。可除此之外，德国人并不比其他国家的平民或军人更具种族主义倾向。想想喀土穆的基钦纳伯爵①，征服阿尔及利亚的法国军队②，墨西哥的科尔特斯③，等等。实际上，德国人是形而上学者。要说服他们，需要提供纯粹超越的论据，他们的种族主义者已经明白了这点。在其他地方，他们是法学家，在法律面前证明自己；还是在其他地方，他们为上帝而战，在上帝面前证明自己，矫正步入歧途者……或者杀了他们，如果他们反抗的话……我刚才想说什么？啊，对了！因此，只要遵守条约，德国人和喀麦隆人之间便风平浪静，双方都彬彬有礼。在

---

①即霍雷肖·赫伯特·基钦纳，英国陆军元帅，是现代反游击战争"三光"政策的发明者，以在"一战"前扩建出英国历史上最庞大的300万陆军而闻名天下。1899年9月，基钦纳在恩图曼战役击败5.2万名苏丹马赫迪军队，以伤亡500人的微弱代价杀死马赫迪武装1万多人，在历史上第一次使用了机关枪这种威力极大的武器，最终进入苏丹首都喀土穆，并毁坏了苏丹领袖马赫迪的尸体。——译者注。

②指法国侵略阿尔及利亚的殖民战争，始于1827年4月。1830年，法军进驻阿尔及利亚首都阿尔及尔，但阿尔及利亚人民并未屈服，继续抵抗。经过一系列战役后，法国才终于征服阿尔及利亚，开始132年的殖民统治。——译者注。

③即埃尔南·科尔特斯，大航海时代西班牙航海家、军事家、探险家。1519年，科尔特斯登陆墨西哥，以不到1000人的兵力在5年内征服了阿兹特克帝国。据说科尔特斯包围帝国首都时，故意把沾有天花的毛毯送给城内的印第安人，使得瘟疫流行，当地人口大量减少。——译者注。

王室的授意下，德国人鼓励黑人出口农作物，用较高的价格向他们购买，在他们不愿意工作的时候，踢他们的屁股，相信我，我没有丝毫种族主义的意思。后来，不知道为什么，德国人借口要整顿国家，宣称拥有喀麦隆的土地，这才起了争端。喀麦隆王室在德国境内找了个律师，为他们辩护。德国司法裁定支持喀麦隆人，但德国政府将案子搁置一旁，因为战争爆发了。后来，法国人在喀麦隆接替了德国人。我问您，除了一桩诉讼，法国人能宣称自己继承了其他东西吗？"

"如果是这样，显然……"桑巴·迪亚洛说。

"就是这样，先生。作为律师，我很荣幸继承了这项职责，捍卫喀麦隆人对自己土地的天然所有权。我甚至为此跑到了日内瓦。先生，您眼前是一头狮子。一旦神圣的自由被玷污，这头狮子就会咆哮，会猛扑上来！"

说到激动处，老人手舞足蹈，一根狮鬃落在咖啡杯里。桑巴·迪亚洛感到心中有一股暖流升起，他对老黑人深感同情。看着皮埃尔-路易在一旁喋喋不休，他心想："这一天，我漫步在街道上，本来对时间绝望，时间被事件和物体的肮脏沉淀物覆盖，可在我眼前，出现了一个时代的灵魂，一种革命的激情，还有他疯狂的梦想。在这头老黑狮的狮鬃下，是曾经激发圣茹斯特①理想的气息，是至今仍在激发人类理想的气息。事实上，从圣茹斯特到这个又老又疯的皮埃尔-路易，继任者的年纪越来越大，就像等待水果变得成熟。法国大革命是革命的青春期，因此在青年人身上体现得最好。二十世纪，革命即将到来，现在是最重要的前夜吗？革命在阴影中激昂地修筑街垒，藏身于最后的奴隶——皮埃尔-路易——的黑皮肤之下。是为了发动最后一战吗？"

"您还没告诉我您的名字呢，先生。"

桑巴·迪亚洛吃了一惊，赶紧回答：

"我叫桑巴·迪亚洛。我想之前已经说过，我是个大学生了吧。这是我的地址。"他递了张名片给皮埃尔-路易。

"这是我的名片。"皮埃尔-路易说，"我想哪天邀请您去我家。我不会过分搅扰您的，我的家人会阻止我，您到时就知道了。"

两人起身，皮埃尔-路易向他的新朋友道别。

---

① 即路易·安托万·莱昂·弗罗莱·德·圣茹斯特，法国大革命时期雅各宾专政的领导人之一，罗伯斯庇尔的坚定盟友，二人在政治信仰和道德准则方面都十分相像。圣茹斯特是公安委员会最年轻的成员，去世时年仅27岁。——译者注。

/ 第 四 章

桑巴·迪亚洛一走进咖啡馆，就看到露西安在向他招手示意。他笑着走过去，朝她伸出手。

> 鸟不在风中摇曳的花上，
> 花之所以香，鸟之所以唱，
> 仅为施法于空气入你胸膛。①

他边吟边坐。

她抽回手，示意他闭嘴。

"笨蛋!"

---

① 出自法国浪漫主义派诗人、作家维尼的诗作《牧羊人之屋》。——译者注。

他低下头，嘴角下垂，特别传神地模仿孩子气恼的模样，逗得她忍俊不禁。

"如果不是知道你信仰伊斯兰教已经很多年，我还以为你喝酒了呢。"女孩严肃地说，就像医生在宣布诊断结果般不苟言笑。

"可你看，我没喝！不过我准备喝了。"

他招手叫来侍者，点了杯咖啡，然后转过身对露西安说：

"咖啡对身体不好，我知道，可我还是戒不了。这种矛盾的心理人人都有，我们都不得不接受宿命……"

露西安手肘撑在桌上，两手托腮，定定地看着他，眼中流露出顺从的神色。

"行了，"他说，"我的咖啡来了。我不说话了，听你说。"

侍者放下咖啡，桑巴·迪亚洛一边喝，一边观察着露西安。

他有些害怕这次见面。那晚他在女孩家做客过后，他们便很少见面，尤其现在是年末的考试季。桑巴·迪亚洛当然有充分的理由：复习。可女孩其实知道他的时间安排，也知道即将到来的考试对他几乎没有什么影响。她知道，无论什么情况，只要他想见她，他一定能找出时间。她应该没被那些借口糊弄过去。

但他无法承认自己突然退缩的原因：从两人见面开始，女孩就用那双蓝色的眼睛静静地问他，他无法继续忍受下去了。露西安到底想要什么？

那天，两人参加同一场考试（两人后来都通过了）。结束后，他收到了她的便条：

"如果你的考试成绩没让你头晕眼花的话，也许你会想起我？

"你看，我在努力开玩笑。自从你来我家吃过晚饭以后，就似乎在躲着我，我完全有理由相信，是我的愚蠢态度伤害了你。当时我只是以为，和一个哲学家聊天，我可以畅所欲言，不用畏首畏尾，担心触及敏感话题。我想好好解释一下，如果你有空的话，我们见个面吧。"

于是，他约了她见面，内心忧虑重重，害怕她能猜出的一切。两人一开始的对话俏皮打趣，他本想要维持这样的氛围，可露西安显然不这么想。

"我从没见过你如此活泼的样子。"她看着他，笑意盈盈。

"我存着呢。我还有其他才能，如果你想看……"

她握住他的手。

"桑巴·迪亚洛，那天晚上我那么说，你是不是真的生气了？"

"没有，要知道，我还没见识过有什么能让我生气的呢。"

"我不知道。回想那次，我觉得自己说话有些尖刻。无论如何，我没想伤害你。"

她犹豫了一下，似乎还有很多话要说，要祈求伙伴的谅解。

"露西安，露西安，你真是太多虑了。此处我们显然要引用莎士比亚的名言：'如果，我在无心中射出的箭……'见《哈姆雷特》。"

"你能不能听我说完。"她气恼地跺着脚说。

他收起玩笑的表情。

"好的，露西安，我听着呢。"

"嗯，我还想告诉你，我加入共产党了……"

"我知道。"

"啊……你知道？"

"是的，我看到你发传单了。"

事实上，有一天，他看到她在索邦大学门口发传单。他害怕被露西安看见，便加快脚步，从另一个女孩手中接过传单，迅速走开。他在街角把传单展开，看到传单上署名共产党。与此同时，他眼前浮现出曾经观察到的小事，曾经记下的话，这些都沉淀在他的记忆中，现在汇成了无数线索，让他相信，此事并非心血来潮。他并不十分吃惊，从他们相识起，他就觉得这个女孩只会被这种意识形态所驱动。他又一次由衷地感到敬佩。她作为新教牧师的亲生女儿，继承了父亲马尔斯雅尔先生的卓识与气魄，本应同样踏上这条枯燥无味的反向大马士革之路①。桑巴·迪亚洛十分了解露西安的教养与才智，相信她选择的精神冒险之路既不普通，也无法逃避，这条路充满艰难险阻，从头到尾都沐浴在光明之下。桑巴·迪亚洛不认为自己有足够的气魄走上同一条冒险之路。

"……你看，"他慢慢说，"我又一次对你产生了敬佩之情。"

她有些脸红，说："我接受你的敬佩，这是对我的褒奖。不过，这只对我有益……"

她犹豫了，垂下眼帘。

她用手把玩着侍者留在桌上的菜单，将其对折又摊开。她双颊呈粉红色，额头小巧，皱着眉，呼吸平稳规律，说明她还有未尽之言，而且决心全部说出来。

可接下去开口的是桑巴·迪亚洛。他脑海中灵光一闪，明白了他的金发伙伴想要对他说什么。于是，他以攻为守。

"露西安，我的战斗在所有层面上都不同于你的战斗。"

他靠在桌子上，就像一只奇怪又庞大的猛禽，张开了翅膀。一种深层的激荡情绪突然席卷他的全身。

"你不仅仅是超越了自然，你甚至向自然举起了思想之刃，你

---

①《圣经》中，犹太人保罗极力反对耶稣基督，迫害基督教徒。在前往大马士革的路上，耶稣圣灵显现，保罗失明三日，最终得亚拿尼亚洗礼，皈依基督教，且从此致力于向外传教。反向大马士革之路，此处指向非教徒传教。——译者注。

的战斗是要驯服自然，对吗？可我呢，我还没有剪断连接我和自然的脐带。直到今天，我最神圣的追求，依然是成为自然最敏感、最依恋的一部分。我就是自然本身，怎么敢反对自然？每次切开土地的胸膛，寻找食物，我都要颤抖着提前请求谅解。每次砍伐树木，觊觎其躯体，我都要向亲如兄弟的树木恳求。我只是思想绽放出生命的一小部分。"

露西安用那双蓝色的大眼睛定定地看着桑巴·迪业洛。那双圆睁的眼睛是脸上最夺人心魄之处，在眼睛周围，脸只是一圈乳白色、粉红色、金黄色混合的光环。

"就此而言，我的战斗远远落后于你的战斗，还停留在我们起源的半明半暗之中。"

桑巴·迪亚洛在座位上全身放松。此刻，他似乎在对自己说话，带着深深的忧郁。

露西安抓住他放在桌上的手，用力握住。他全身一颤。

"不，我没有害怕，"他抗议道，似乎要把安慰的话提前堵住，"不，你要知道，我很幸运，你现在站起来了，我能远远看到你金色的头发，我知道自己并不孤单。"

他突然抽回手，再次俯身说：

"坦白说吧。你自己也承认，当你解放世界上最后一个无产者，使他摆脱苦难，重获尊严以后，在你看来，你为之奋斗的事业就结束了。你甚至会说，你的工具已经毫无用处，将会日趋消亡，使得人类裸露的身躯与自由之间再无他物阻隔。我的话，我的战斗不是为了自由，而是为了真主。"

露西安差点笑出声。可他还是注意到了女孩脸上流露出的些许笑意，也出乎意料地笑了起来，比此前更加放松。两人的笑容里有同样跃跃欲试的挑战火花。

"我想要问你一个有些冒失的问题，"她说，"如果你觉得为难，就不要回答。"

他笑了。

"我别无选择，不回答就是默认。我会回答的。"

"如果有人向你建议——比如有个精神分析医生向你建议——治愈那部分拖累你同胞的顽疾，你会接受吗？"

"啊，因为你觉得那属于精神分析的范畴？首先，我很吃惊，寻求精神分析的主意出自一个马克思主义者之口。"

"我不是这个意思。我说医生，也可以说牧师，任何职业都可以。你会接受吗？摆脱顽疾的困扰？"

"在我看来，这是不可能实现的。"

"你的辩护应该说无可非议。但请你回答我的问题。"

桑巴·迪亚洛犹豫了，显得有些尴尬。

"我不知道。"他最终说。

"很好，这对我来说就足够了！"露西安面露喜色，"现在我知道，你的黑人性①还在心中。"

"我要承认我不喜欢这个词，我一直都不明白这个词的意思。"

"你不喜欢这个词，说明你的品位很不错。"露西安简单评价。

她向后靠在椅背上，弯着头，微微一笑，开口说：

"你之前深入研究过19世纪的俄罗斯，作家、诗人、艺术家。我知道你喜欢19世纪，充满相同的焦虑，相同炽热又模糊的痛苦。要做欧洲的最东端？不做在亚洲的西方桥头堡？这些问题，那时的知识分子既无法回答，也无法逃避。就像"黑人性"之于你，

---

①"黑人性"运动兴起于20世纪30年代。在"黑人性"学者看来，黑人民族传统生活的根本特征就是"集体主义"，这是全非洲黑人精诚团结的象征。"黑人性"运动旨在恢复黑人价值，集中了非洲与加勒比海地区许多年轻的法语作家，如塞内加尔的列奥波尔德·塞达·桑戈尔、圭亚那的莱昂·达马和马提尼克的艾梅·塞泽尔等。1934年，塞泽尔在巴黎创办刊物《黑人大学生》，在所发表的第一期也是最后一期杂志上首先提出"Negritude"（黑人性）这一法语新词，后又用在长诗《还乡笔记》中。其后，桑戈尔给"黑人性"定义为"黑人世界的文化价值的总和，正如这些价值在黑人的作品、制度、生活中表现的那样"。塞泽尔则认为"这个单词首先意味着拒绝，拒绝文化同化，拒绝某种平静的、无法构建文明的黑人形象"。——译者注。

他们也不喜欢听到"斯拉夫主义"①。可是他们当中，最终有谁没有屈膝跪在神圣俄罗斯面前呢?"

桑巴·迪亚洛打断她:"我已经说过了! 没有牧师或医生能缓解这份痛苦。"

"是，但列宁呢?"

桑巴·迪亚洛坐直，凝视露西安。女孩在座位上，脸色平静。她只是收敛笑容，看着桑巴·迪亚洛，略显焦灼。

"桑巴·迪亚洛，"她说，"你从迪亚洛贝土地上吸吮的乳汁是香甜且尊贵的。每次别人提出异议，你都有权利生气，也有权利纠正那些因为你是黑人就怀疑你的蠢货。可你要知道，母亲越温柔，就会越早被推开……"

桑巴·迪亚洛直直地看向露西安，他听到自己心脏跳动的声

---

① 19世纪被誉为俄罗斯"经典哲学"繁荣的世纪，俄罗斯从这个时期起才开始拥有真正属于自己的"哲学"，该哲学的核心内容即"斯拉夫主义"。斯拉夫主义作为19世纪30—70年代俄罗斯哲学和社会思想的一种思潮，一开始是在与18世纪俄罗斯占主导地位的欧洲主义或"西欧派"的对立中形成的，其核心思想是俄罗斯在宗教和历史两大领域相对于欧洲的"独特性"。在"斯拉夫派"(东方)与"西欧派"(西方)的争辩中，主要焦点是传统村社制度与西方道德观念、东正教信仰与西方的经院哲学、君主制与立宪制、"救世主义"与西方道路模式、"唯实论"与"唯理论"、"精神共性"与"个性至上"等"东""西"对抗。19世纪后期的斯拉夫派学者则将原有学说中所蕴含的思想自觉的特质上升为更符合俄罗斯未来发展的民族自觉。——译者注。

音，缓缓地说："我想，比起母亲，我更爱真主。"

水面上，桑巴·迪亚洛突然停止划船，舒适地向后靠。在他对面，船的另一头，露西安任由阳光洒在脸上，似乎在安眠。

他深吸一口气，伸了个懒腰，抬头望向天空，笑了。

"我希望下一刻，阳光没有那么灼热，天更蓝一些，河水流动得更快一些，水声更大一些。周围的整个世界都应该闪闪发光。露西安，这真的不可能吗？小时候，我能控制这些。只要我想，我就可以拥有崭新的清晨。你呢？"

她仍保持原来的姿势，只睁开眼看他。

"除了去乡下的时候，从来没有过。况且，我拥有的只是'变好的'清晨，从来没有你说的那种样子。"

两人沉默良久。

"告诉我，露西安，别笑我。即使我说得很荒唐，也别笑我。今天，我想要潜入，潜入我自己，最深处的自己，抛开一切顾忌。我特别想知道，那些记忆中的幸福，只是我的幻想，还是真实存在的。"

"我不笑。什么样的幸福？"

"背景是一样的。也是这样一间屋子，里面的天空差不多都是蓝色的，大地几乎同样生机勃勃，河水潺潺，树木生长，人和牲畜居住其中。背景是一样的，我能认出来。"

她舒展身子，靠在船舷上。

"什么样的幸福?"她又问了一次。

"露西安，这个背景是假的！背景后面的世界比这美丽一千倍，真实一千倍！可我找不到回到这个世界的路了。"

桑巴·迪亚洛按下门铃，等在一旁。透过门，他可以看到屋内热闹的场景突然一顿。门开了。

"快请进，先生。"

他面前出现一个面带微笑的年轻女孩。她开口邀请他进去，桑巴·迪亚洛却没有动，似乎被女孩的出现迷住了。她个子很高，夕阳的余光映在她裸露出来的脸、脖子、手臂上，也映在她的黑色针织紧身上衣上，两相叠加，让人感觉更热了。她一头黑发浓密厚重，瀑布般落在肩上，和黑色的针织上衣融为一体，无法分辨；脖子纤细但不会显得无力，只是突显了喉部的坚实；一双大眼睛乌黑发亮，瞳孔中反射着游移在脸上的阳光，脸上露出腼腆的笑容。

"快进来，先生。我们都等着您呢。"她又说了一遍。

"不好意思。"桑巴·迪亚洛回答，对自己的反应感到不解。

他走进去，等着女孩在他身后把门关上。他跟着她往里走，目光注视着她上半身的缓慢起伏，起伏由长腿走路时的节奏带动，衣物包裹下的腿想必也是瘦长的，往下延伸至一双穿着鹿皮鞋的小巧脚掌。

客厅入口处，熟悉的笑声在迎接桑巴·迪亚洛。

"哈！哈！哈！他来了！这是新人。这个年轻人，他是第一次来，他……"

"皮埃尔-路易，快介绍我们，别像个老疯子一样喋喋不休。"

说话的人是一个混血儿，身材丰腴，戴满珠宝，正用母亲般慈爱的目光看着桑巴·迪亚洛。

"好的，好的，老疯子遵命。年轻人，这是我妻子，阿黛尔。别看她在大喊大叫，她可有皇室血统，是加蓬公主。"

皮埃尔-路易一边说，一边和胖公主保持安全距离。桑巴·迪亚洛弯腰，拉起递给他的手，看到胖胖的手指上戴满了戒指。

"那边的阳光小美女，太害羞不敢看你的那个，是我的孙女。她只有一点瑕疵，不过乍一看也看不出来：她也叫阿黛尔。"

满手戒指的公主用一根长条物——那是把折扇——越过皮埃尔-路易的脑袋，把女孩指给他看。桑巴·迪亚洛感谢公主的介绍。他走到女孩面前，弯下腰和她握手，他感到掌心里的小手在颤抖，边上的笑声与骚动声掩盖了他的困惑。

"这是我的两个儿子：于贝尔·皮埃尔-路易上尉，阿黛尔的父亲，马克，工程师。"

桑巴·迪亚洛分别和两人握手，简单有力。

"今晚迎宾仪式到此为止。"皮埃尔-路易幽默地总结道。

"桑巴·迪亚洛，您让我父亲印象深刻，"马克说，"他一天到晚都在说您的事。"

桑巴·迪亚洛受宠若惊，正要开口说些谦辞，满手戒指的公主制止了他。

"我知道皮埃尔-路易为什么这么兴奋，"她说，"您认真听他说话了。没有比这更让他印象深刻的了，我也是。从这一点我就知道您受过怎样的教育。"

大家都笑起来，桑巴·迪亚洛借机屈服于自己的渴望：注视阿黛尔。

年轻女孩坐在地毯上，头放在皮埃尔-路易的膝盖上，那双大眼睛正出神地看着桑巴·迪亚洛。

年轻人先是感到愉悦，但马上就后悔了，可后悔这种情感本身又让他惊讶。

"天呐，天呐，"他心想，"我是被姆巴赫附身了吗？我和这个年轻女孩才第一次见面，就轻佻地朝她眨眼。"姆巴赫是迪亚洛贝的奴隶名，桑巴·迪亚洛小时候要是犯了错，父母就会用这个绰号羞辱他。

他回答马克说：

"是我要感谢您父亲才对。一个月前遇到他时，我正渐渐陷入一种沮丧的状态，是他把我从那种状态中解救出来。我不知道你们是否曾经有过这种令人无助且心碎的感觉，这座城市的街道看上去人声鼎沸，实际上空空如也。就好像缺了很大一块，我们也说不上来究竟是什么。遇见您父亲的时候，我正陷入这种奇特的感觉，是他在水流中把我重新推上船。"

"您一个人住吗？"于贝尔问了个实在的问题。

"不，不是这个原因，"马克抢过话，"桑巴·迪亚洛所说的，我经常在有色人种的口中听到类似的话。就我而言，我想这种感觉来自期待落差，他们期待在巴黎找到自己离开故土想要追寻的东西。您是不是这么想，桑巴·迪亚洛？"

"我不是因为想念故乡的风土人情，如果您是这个意思的话。"

"啊！"马克很感兴趣，继续问道，"请试着解释一下。要知道，在我很小的时候，我父亲就把我送过来了，可我在这个国家还是会感到格格不入。我想知道……"

他没说完，只是等着。桑巴·迪亚洛犹豫了，不知道该说些什么。他的目光投向皮埃尔-路易，可老人似乎也在等着他回答。

"很难解释，"桑巴·迪亚洛还是开口了，"可以这样说，我在这里的生活似乎不如在迪亚洛贝的生活那么充实。我无法直接地感知……仔细想想，这里的一切对我来说都显得荒谬。说到底，有可能我怀念的不是我的祖国，而是我的童年。"

"多说一点，说说你的怀念之情从何而来。"

"比如说，我感觉迪亚洛贝人更接近死亡。人们熟悉死亡，与死亡共存，因死亡而获得存在的真实感。在那里，死亡与我亲密无间，给我带来恐惧，又构成我的期待。而在这里，死亡重新变得陌生。我们想尽办法让死亡远离我们的身体与心灵。我渐渐遗忘了死亡。当我在脑海中寻找死亡，只剩下干涸的情感，抽象的可能，我大概比我的保险公司还要讨厌死亡。"

"总而言之，"马克笑着说，"您是在抱怨自己无法再与死亡为伴。"

大家都笑了。桑巴·迪亚洛也笑着点头。

"我还觉得，到了这里以后，我失去了之前特有的认知模式。以前，世界就像我父亲的房子：一切事物都将我带回其本源，就像一切都要通过我才能存在。世界不是安静的、中性的。世界是活的，具有攻击性，向四周扩散。任何学者对任何事物的认知都不及我当时对生命的认知。"

短暂沉默后，他补充说：

"现在，在这里，世界安静无声，不会与我产生共鸣。我就像裂开的木琴，无法再演奏的乐器。我感觉没有任何事物能触动我。"

房间里回荡着皮埃尔-路易的笑声，沙哑又短促。

"哈！哈！哈！我知道为什么。您屏气凝神，不是因为故土物质的缺失，而是精神的缺失。西方不需要您，他们忽视您，您是无用的。可与此同时，您无法不需要西方。您这是不被爱情结，觉得自己的存在岌岌可危。"

桑巴·迪亚洛看着皮埃尔-路易，此刻，阿黛尔双眼的魔力消失了。这个老人神情严肃，近乎悲伤。"我现在知道这个人为什么疯疯癫癫的了。他活得太久，可又太过清醒。"

"只有知识分子会为之痛苦，"于贝尔上尉插话道，"西方愿意给予，不愿意接受，那又怎样？我可不会因此困扰。"

"不是这样的，"桑巴·迪亚洛反驳道，"恰恰相反，上尉，这种态度理论上也许可行，但对我来说，实际上是不可操作的。我不是边界清晰的迪亚洛贝，面对边界清晰的西方，头脑冷静地思考我能从对方那获取什么，对等又需要留下什么。我既是迪亚洛贝，又是西方。在选择导向的两个终点之间，我没有清醒的头脑，只有奇异的本质，苦于不能两者皆得。"

马克对皮埃尔-路易说:

"我本想找到强有力的论点,来反驳你刚才说的话。因为在某种程度上,你是在谴责我们。如果说在某种意义上,我们的信息对西方来说不是多余的,他们怎么可能不需要我们呢?西方一路高歌,推进对现实的围剿,前进的道路上没有丝毫停歇,无时无刻不是胜利。西方越过我们头顶,将世界扛在肩膀上,就像暴风雨中的小木屋。这种努力取得了有效的成果,我们得益于此,才有今日这般闲暇,来探讨哲理。从那时起,除此之外,还有其他有意义的努力吗?我很清楚我们和他们之间的区别。我们的首要行动,不是像他们那样去征服,而是去爱。我们也有自己的长处,能瞬间置身于事物的隐秘内核。我们对事物的认知如此丰富,以至于事物本身就令我们陶醉,并由此带来胜利的感觉。可胜利在哪?物丝毫未改,人没有变强。"

桑巴·迪亚洛激动起来。

"从您父亲的话里,我看到的是另一层意思,怎么说呢?……更具历史意义。结论没有那么令人绝望。我认为,西方与非西方之间,本质的差异并不能解释两者命运的不同。要是本质上真的存在差异,那么由此得到的结论是:如果西方是正确的,在大声说话,那么非西方定然是错误的,必须保持沉默;如果西方跨越边境,开始殖民,那么这一状况就符合事物的最终本质,不可动摇。"

"确实。"皮埃尔-路易大声说。

桑巴·迪亚洛想起了什么,突然笑起来,说:

"我有个堂姐,年纪比我大很多,她从来都活在现实里。我们把她叫作大皇姐。迪亚洛贝打了败仗,被殖民了,她大为震惊,至今没有回过神来。我去上学,包括今晚站在这里,都是因为她想要一个解释。我向她告别的那天,她对我说:'去吧,去他们那学习如何无理也能赢。'"

"至少,这是个不会轻易上当的女人。她一定是一位伟大的公主……"

皮埃尔-路易一边说,一边斜眼看了看满手戒指的公主。后者对男人们的谈话兴趣寥寥,正和阿黛尔一块,忙碌地穿梭在餐桌和厨房之间。

"所以您刚才是说……"马克向桑巴·迪亚洛追问。

他似乎颇为急切,想知道后续的结论。

"我不认为这种差异是本质存在的。我认为这是人为的、意外的。只是随着时间的推移,人为取代了本质。对我们这些来自发展中国家的人来说,在西方感受到的强烈缺失也许就是这个,最初的本质,我们的身份和他们的身份同时张扬的本质。结论就是大皇姐说得没错:他们对我们的胜利也是一场意外。我们因自我缺失感到不安，但这并不意味着我们是无用的，相反，这确立了我们的必要性，指明了我们最紧要的任务，即对本质的清理。这项任务无比尊贵。"

于贝尔上尉坐在沙发上，有些焦躁。

"我承认我没听明白。在我看来，所有这一切都太……怎么说呢……太不现实了。现实是我们非常需要他们，他们可以为我们所用。或者我们可以为他们所用，有什么要紧的呢。"

"您错了，上尉。这很要紧。"桑巴·迪亚洛恼怒地说。

可他为自己突如其来的爆发感到羞愧，调整情绪以后，他冷静地接着说：

"我非常理解您的观点，从某种程度上也是同意的。但请原谅我说这是不够的。您宣称，我们对西方的巨大需求使我们别无选择，只能屈服，直到我们完全掌控物体的那天为止。"

"如果您非常理解，"上尉笑着说，"那么解释一下，为什么你们这一代不愿接受这个无法回避的事实，而且表现得如此难以忍受呢？"

"那是因为，如果我们接受了、习惯了这个所谓的事实，我们就永远无法掌控物体。我们无法获得比物体更多的尊严，也无法支配物体。您注意到了吗？西方以同样的姿态，同时掌控物体，殖民我们。如果我们不提醒西方，我们和物体是不同的，我们就会一直和物体等值，也永远无法掌控物体。我们的失败将意味着这个地球上最后一个人类的终结。"

满手戒指的公主大声插话。

"你们这些新派黑人，你们退化了，"她指责说，"你们都不知道吃饭了。你们不知道尊重女人了。你们整天都在疯狂辩论，无休无止。该吃饭了！当你们重新学会吃饭，你们就能重新发现一切。"

皮埃尔–路易试图巧妙设计，安排桑巴·迪亚洛坐在他身边。公主注意到了他的鬼主意。

"过来这边，年轻人。您就坐在我和阿黛尔中间。"

"您说得对，夫人，"桑巴·迪亚洛对她说，"我们现在还算活着吗？我们缺乏实质，我们的头脑在吞噬我们。我们的祖先比我们更懂得如何活着。没有什么可以将他们与自己分开。"

"对吧！"公主高兴地说，"以前的人更充实，他们没有你们现在这种阴郁的想法。"

"是的，"桑巴·迪亚洛附和道，"他们曾经拥有的财富，如今在我们手里，每天都以更快的速度流失。他们拥有真主。他们拥有家，那是唯一的存在。他们以极为亲密的方式拥有世界。可如今，我们在绝望中渐渐失去这一切。"

"我同意你的看法，桑巴·迪亚洛，"马克用一种感伤的眼神望着他，"我非常同意你的看法。"他低声重复了一遍，若有所思。

上尉大笑起来，桑巴·迪亚洛浑身一颤。

"你呢，我的小阿黛尔？你也同意他们的看法……是吗？"他问道。

阿黛尔困惑地笑笑，看了看桑巴·迪亚洛，低下头，没有回答。

上尉放弃追问女儿，转向马克。

桑巴·迪亚洛察觉到有人在对他说话。是坐在他左手边的阿黛尔。女孩从开门见到桑巴·迪亚洛的那一刻开始，就表现得极为羞怯，现在她终于克服了，开口说：

"我想说的是……"

桑巴·迪亚洛微笑着鼓励她，向她俯身过去。她不想干扰其他人之间的对话，因此说话声音很小。

"我从未去过非洲，我很想去看看。我觉得我会很快学会像您这样'理解'事物。听你们所描述的，那里的事物应该要真实的多。"

"也许，你不应该去，"他回答，"我们所有非西方的人，我们来这里，就是为了学习用不同的方式'理解'。您出生在这里，也正是因为如此。"

"可我不想！这里的一切都是如此枯燥。您知道吗，刚才您说的，我全都理解。您的话没错！"

她注视着桑巴·迪亚洛，眼睛里满是期待，就好像她在等待着马上能从他那获得自己想要的能力，来"理解"他刚刚提到的事物与生命。

他心想："这个出生在塞纳河畔的女孩，她真的能感受到'流亡'吗？她只经历过眼前的生活。她的叔叔马克呢？我一开口说话，他们就知道自己属于我们。他们如灼灼烈日般的知识真的不会改变我们的黑皮肤吗？"

有些心里话，桑巴·迪亚洛一说出来就后悔了，但他毫不怀疑他的话会深刻影响阿黛尔这个"塞纳河畔的流亡者"。在许多层面上，阿黛尔的精神流亡都比他的精神流亡更具悲剧性。至少，他只是在文化上混杂。从他第一天走进小城L的外国学校开始，西方思想就狡猾地钻进他的大脑，日复一日，未曾停歇。只有迪亚洛贝的抵抗提醒他在西方冒险的危险性。

他的故乡是活生生的例子，在他怀疑的时刻，总会向他证明，非西方的世界是真实存在的。可阿黛尔没有属于自己的迪亚洛贝。有时候，她会产生一种感觉，或一种想法，觉得自己以某种方式切开了西方的背景布。很长一段时间以来，她对此的反应都是恐惧地逃离，像是在躲开一只畸形的怪兽。随着时间的流逝，这种模棱两可不仅没有减少，反而愈加突出，阿黛尔甚至相信，自己在某种程度上是不正常的。这天晚上，桑巴·迪亚洛毫无保留地说了一堆话，他回想起来，感觉自己放出了一只可耻的怪兽。女孩原本以为那只怪兽是没有脸的，不知不觉间，桑巴·迪亚洛的话使怪兽长出了一张人脸。

"阿黛尔。"桑巴·迪亚洛叫她。

"我在。"

"我想我恨他们。"

她挽住他的胳膊，拽着他往前走。

已是深秋，落叶纷纷。一阵略微刺骨的寒风驱散了岸边悠然的散步者。阿黛尔推着桑巴·迪亚洛往人行横道的方向走。他们穿过马路，前往一家咖啡厅。

"我不是如你所想的，用和你祖父一样的方式恨他们。不是的，我的恨更复杂，痛苦的令人窒息，出自受抑制的爱。"

两人走进几乎空荡荡的咖啡厅，在角落里选了张桌子坐下。

"你们想喝点什么?"侍者问。

他们点了两杯咖啡，在侍者端着咖啡回来之前，两人都沉默不语。侍者放下咖啡离开。

"我的恨是爱的消解。我曾经爱过他们，但太早了，也太过轻率，那时我还不够了解他们。你明白吗？他们本质奇异，会激发复杂的情感。如果没有事先认真观察，任何人都不应该和他们建立联系。"

"是的，可他们没有给自己想要征服的人留下足够的时间观察。"

"因此，被他们征服的人应该保持警惕，不能爱他们。最毒的恨出自过往的爱。你不恨他们吗？"

"我不知道。"她回答。

"我相信你爱他们。在我看来，尽管我们不喜欢他们所做的事，但一开始，我们无法不爱他们。"

"告诉我，他们是如何征服你的？"她问道。

她借机离开自己的座位，和桑巴·迪亚洛肩并肩坐在一起。

"我说不上来。也许是从他们的字母开始的。他们用字母给迪亚洛贝带去第一记重拳。这些符号和发音构成了他们语言的结构与乐感，很长一段时间里，我都沉迷其中。当我学会排列字母，组成单词，然后排列单词，生出话语时，我的幸福感难以言喻。

"我学会写作以后，便给父亲写了无数封信。我亲手把信交给他，以检验我的新知识。在他读信时，我紧紧盯着他的脸，是为了证实我能否使用新掌握的工具，在不开口的情况下，向他传达我的想法。那时，迪亚洛贝的老师正要传授我经义。此前我只是背诵经文，但必须承认的是，即便只是背诵，也已经让我惊叹不已。就在那时，我离开了《古兰经》学校。在他们那，我直接闯进了一个全新的宇宙。一开始，一切都是绝妙的含义，完全的相通，瞬间让我神魂颠倒……"

"至于迪亚洛贝的老师，他想要传授你经义，可他不急，对吗？他相信在他去世之前，他都还有时间。"

"就是这样，阿黛尔。但他们……但他们介入其中，将我改造成他们的样子。渐渐地，他们使我脱离事物的内心，让我习惯了与世界保持距离。"

她紧紧靠着他。

"我恨他们。"她说。

桑巴·迪亚洛颤抖了一下，看着她。她将整个身体的重量都靠在他身上，半眯着眼睛，看着窗外的街道。

桑巴·迪亚洛莫名一阵心烦意乱。他轻轻推开她。她直起身，面对他。

"不应该，阿黛尔。"他说。

"不应该什么？"

"不应该恨他们。"

"那你必须教我如何进入事物的内心。"

"我不知道当我们迷失了方向之后，是否还能再找回这条路。"他若有所思地说。

他感到她与自己拉开了距离，便看过去。她在无声地哭泣。他握住她的手，但她站起身。

"我现在必须回家了。"她说。

"我陪你。"

他们走出咖啡厅，桑巴·迪亚洛叫了辆出租车。把阿黛尔送到她家门口，他转身，步行走去地铁站。

地铁启动的时候，他脑海中突然出现了回忆里的一张脸。这张脸栩栩如生，他差点以为出现了幻觉：在他对面，在昏黄的灯光下，在拥挤的人群中，出现了迪亚洛贝老师的脸。桑巴·迪亚洛闭上眼，但那张脸没有消失。

"老师，"他在心中呼唤，"我还剩下什么？黑暗在吞噬我。我无法继续在事物的内心燃烧。"

老师的脸没有动。这张脸既没有笑，也没有怒，只是一副严肃庄重的样子。桑巴·迪亚洛再次乞求他。

"你从未纵情于黑暗的智慧，你是唯一掌握真言的人，你的声音足够洪亮，能召回迷失的人，指引其方向。我乞求你的恩赐，在阴影中，用你的洪亮声音指引我方向，使我重归隐秘的温柔。"

可这张脸消失了。

第二天，桑巴·迪亚洛收到了骑士的信。

"我建议你回来。你没有按照原定计划完成学业也没关系。

"你是时候回来了，重新认清这一事实：一切都无法和真主相比，即便历史也是如此，历史的曲折无法撼动真主的属性。我把你送去西方，现在我发现这是个错误。我意识到西方与我们信仰不同，他们信仰实用性，我们并不赞同。真主与人类之间没有任何血缘关系，就我所知，也没有什么历史联系。否则，我们的指责就是可以接受的，我们就有理由因为自身的悲剧去指责真主，因为这显然表明了真主绝非十全十美。可事实并非如此。真主不是我们的父母，他完全独立于肉体、血缘、历史的洪流之外。我们是自由的！

"这就是为什么在我看来，以历史为基础的辩护是不合理的，因为自己的苦难对真主横加指责也是荒谬的。

"但是这些错误，无论本质多么严重，都不会让我过分担心，因为这是普遍性问题。可与此同时，你向我倾诉了一个更私人、更深层的困扰。你担心真主已经抛弃了你，因为你无法像过去那样感受到真主的圆满，就像他曾承诺自己的信徒：'比他的命脉还近于他。'①由此，你可能会认为真主背叛了你。

"可你有没有想过，真正背叛的人，可能是你。但是……就回答这些问题吧：在你的思想和行动中，你是否赋予真主应该赋予他的全部地位？你是否努力使自己的思想与真主的律法保持一致？仅一次泛泛的、理论上的信仰声明，称自己向真主效忠，这是远远不够的。你必须努力使自己的*每一个*②想法都符合真主之令。你这么做了吗？

"我以为我已经和你充分谈过宗教实践的价值。你在西方求学，西方相信上帝会随心所欲给予或撤回信仰。我赞同这一观点，因此不会提出异议。但我也相信造物主安拉是如此全知全能，任何事物都无法与之抗衡，包括对我们自由意志的断言。你能否得

---

① 出自《古兰经》第50章第16节："我确已创造人，我知道他心中的妄想；我比他的命脉还近于他。"（马坚版译文）——译者注。

② 原文此处斜体。——译者注。

到救赎，以及真主在你心中的存在，两者都取决于你，需要你在精神上和身体上，都严格遵循宗教业已成典的律法。

"但是，恰恰是在那，当我们不再探讨哲理时，强大的精神可悲地跌倒，陷入泥潭。你思想活跃，把自己抬升到试图理解真主的高度，声称抓住了他的错处，我甚至想问，你还知道通往清真寺的路吗？正如真主所言，如果你找到真主，你会将他钉柱示众，因此他不会出现……"

"老师，到祈祷的时候了，我们去清真寺吧。"疯子抓着桑巴·迪亚洛的下巴，像是要强迫他看着自己。

"不，我不是老师，你看不出来吗？我不是老师，老师已经死了。"

"好的，老师，我们去清真寺吧。"

桑巴·迪亚洛做了个疲惫的手势。

"再说，我也不会去清真寺。我跟你说过了，不要再叫我去祈祷。"

"好的，迪亚洛贝的老师。你说得对。你累了。他们真累人，对吗？你休息吧。你休息完，我们再去清真寺，好吗？说啊，好吗？"他又抓着桑巴·迪亚洛的下巴问他。

桑巴·迪亚洛不堪其扰，将他轻轻推开。

那力道足以让他失去平衡，他摔倒在地上，姿势相当滑稽。桑巴·迪亚洛内心的怜悯油然而生，赶紧扶起疯子，将他抱在胸前。

男人挣脱桑巴·迪亚洛的怀抱，眼中满是泪水，呜咽起来，看着他说：

"你看，你是老师……你是迪亚洛贝的老师。我现在去清真寺，我会回来的。等着我。"

他转过身，脚步轻快，蹦蹦跳跳地离开。

他还是外面穿着紧身礼服，里面穿着宽大的白色长袍，但和以前相比，他的身形已经变得单薄。从那一堆衣物里露出的脖子和脑袋纤弱细长。这个身材瘦小的男人整个人都散发出宁静又忧郁的气质，令人心碎。他的身影消失在篱笆墙后。

疯子始终陪着迪亚洛贝的前任老师，尽管他在两个月前亲眼见证了老人临终的场面，但对他来说，老师并没有去世。

一天早上，他来到老师的住所，老朋友的房子已经许久不闻人声。

他走进房间时，看到老师正像临终之人一般祈祷。他起不来，只是坐在地毯上，面朝东方，堪堪有个样子，他已经没有力气完成祈祷的标准姿势了。疯子站在门口，看着支离破碎的祈祷，着迷于这场毫不协调的悲惨演出。疯子一直等到老师祈祷结束。

"你看,"他的朋友满身大汗,喘着粗气对他说,"你看到了吗?吾主之恩典到何种程度!他赐我力量,活到现在……还能以这种方式向他祈祷……一直以来,他已经预见,也计划好了……你看……我还有力气。看呐,哦,看呐!"

老师又开始他虚弱的祈祷。

疯子冲出去,一口气跑到酋长家。酋长正在公审,人们围坐在地上,寻求他的公正裁决。疯子跨过去,说:

"我想……老师的时候到了。"

酋长低下头,在起身前,慢慢地念了句作证言。

疯子已经折返,他在老师的房间里看到了老师的家人,还有邓巴。老师躺在一张席子上,他走上前,把他的朋友半扶起身,让他靠在自己胸前。他的眼泪缓缓滴在临终者缀满冷汗的脸上。

"你看,他就在那,我的朋友就在那。我就知道,是我生命中的巨大喧嚣隔绝了你,噢,我的造物主。现在日光已坠,我看见你了。你就在那。"

房间里满是人。

后来者默默坐下。很快屋子里也满是人,人们就在附近的街上坐下。四面八方都有人闻讯赶来。很快,整座村庄变成一个巨大的集会场所,与会者都默默地坐着。

"老师，把我带走，别把我留在这。"疯子轻声说，慢慢地晃着临终者的上半身，就像在为他唱一首温柔的摇篮曲。

"我的真主，我感谢你……感谢你赐予我恩典……以你的存在支撑着我……填满我的心灵，就像此刻，在我临死之前，你所做的一样。"

"嘘……别说话。你别说话了，我们听着呢。"疯子猛然用手捂住老师的嘴。

与此同时，他两眼含泪，扫视四周，就像要确保没人听到老师刚才的这番话。

周围没有人敢打断疯子，把他和老师隔开，包括迪亚洛贝酋长在内，后者跪在老师身边，正专心致志地祈祷。

突然，老师的身体紧绷，他呢喃着真主之名，慢慢松弛下来。疯子把他放在地上，没有看任何一个人，离开了房间。

外面响起了塔巴拉鼓①宣告丧事的鼓声。沉默的村庄知道，老师已经不在人世。

丧礼上，没有人见过疯子。直到第二天，他才出现，神情镇定宁静，否认老师已经去世，但又拒绝和往常一样，每日去他的住所拜访。

---

① 塔巴拉鼓，又称印度鼓，当地人用其鼓声宣告重大事宜。——译者注。

不久后，桑巴·迪亚洛回来了。来自各地的使团络绎不绝地到访。等到使团走后，疯子独自一人来拜访他。在酋长家的院子里，他看到桑巴·迪亚洛躺在一张藤条床上，周围都是家族成员。他在几步远的地方停下来，久久地注视着他第一次见到的桑巴·迪亚洛，然后走到他身边坐下。

"迪亚洛贝的老师，你回来了？真好。"

边上的人都笑了起来。

"不是的，我不是迪亚洛贝的老师，我叫桑巴·迪亚洛。"

"不，"疯子说，"你是迪亚洛贝的老师。"

他吻了吻桑巴·迪亚洛的手。

"我们无能为力。"酋长笑着说。

桑巴·迪亚洛抽回手，感到手上一片濡湿。他抬起疯子低垂的头，发现他正在哭泣。

"自从老师去世，他就一直这样，"酋长解释说，"他一直在哭。"

这个身材瘦小的人坐在地上，桑巴·迪亚洛抚摸着他的头。

"我刚从白人的国家回来，"桑巴·迪亚洛说，"我听说你也去过那。那时候，那里是什么样的？"

疯子眼中燃起热情的光芒。

"真的吗？你想听我说吗?"

"是的，说给我听吧。"

"老师，他们的躯体、皮肉不复存在。他们被物体吞噬了。为了移动，他们给自己的身体穿上快速的大型物体。为了吃饭，他们在手和嘴之间装配铁质的物体……是真的！"他突然补充了一句，目光炯炯，似能穿透人心，望向周围的人，仿佛听到有人反驳。

"千真万确。"桑巴·迪亚洛若有所思地回应。

听到这句话，疯子平静下来，微笑着注视他。

地平线上，夕阳将天空染成血红色。没有一丝风，树叶纹丝不动。只能听到河水的咆哮，那是浪拍惊岸的回响。桑巴·迪亚洛望向声音传来的方向，看见远处的黏土峭壁。他想起小时候，他一直相信，这道巨大的裂缝将宇宙一分为二，仅以大河相连。

疯子在前头已经走出老远，又折回来，抓住他的手臂将他往前带。

突然，他明白疯子要带他去哪了。他的心开始狂跳。他曾赤脚走在这条路上，被荆棘刺伤。他认出了那座废弃的蚁丘。在这里拐弯，就会……就会见到老瑞拉和亡者之城。

桑巴·迪亚洛停下来。疯子想要拽他，没拽动，就放开他，独自往前跑。桑巴·迪亚洛慢慢跟在后面。疯子走过老瑞拉翻新过的墓地，穿梭在坟墓之间，猛然跪倒在其中一座坟墓前。

桑巴·迪亚洛停下来，他看到疯子在祈祷。

"你……你没有祈祷。"男人喘着气说。

这座坟墓和周围的坟墓模样、朝向相似，都是长方形的土墩。迪亚洛贝老师的墓地和其他人的墓地没什么区别。

桑巴·迪亚洛感到内心深处掀起一阵巨浪，淹没了他，湿润了他的眼睛和鼻子，使他嘴唇发抖。他转过身。疯子拦在他面前，粗暴地抓住他的下巴。

"我们不强迫别人祈祷。不要再让我祈祷了。"

疯子端详着他的脸，慢慢地笑了。

"好的，迪亚洛贝的老师。你说得没错。他们还是让你太累了。你休息完以后，就会祈祷的。"

"迪亚洛贝的老师，我的老师，"桑巴·迪亚洛心想，"我知道你的肉体已经湮灭，你不会在黑暗中睁大双眼。我知道，可因为你，我不再害怕。"

"我知道大地已经吞噬了这具我曾见过的孱弱躯体。小时候你告诉我，死亡天使亚兹拉尔会劈开大地来接你，我不相信。我不相信在地底，你会和你的可怕同伴穿过脚下的大洞离开。我不相信……你教我的东西，我大多不再相信。我不知道我还相信什么。可未知的领域如此广阔，我又不得不相信……"

桑巴·迪亚洛坐在地上。

"我多希望你还在这里，迫使我相信，告诉我原因！你抽在我身上的燃烧的木柴……我记得，也明白。你的朋友召你回了他身边，他不会自己出现，需要我们以痛苦为代价，为其征战。这一点，我也明白。也许这就是为什么，不管是这里还是别处，都有那么多人英勇战斗，欣然赴死……是的，也许归根结底，正是因为如此……所有这些战士，他们以你的朋友之名战斗，在战斗的喧嚣中死去，试图以此驱散自我，使真主驻留心中。也许，毕竟……"

桑巴·迪亚洛感到有人在推他。他抬起头。

"天色已暗，黄昏已至，我们祈祷吧。"疯子严肃地说。

桑巴·迪亚洛没有回答。

"祈祷吧，噢，我们祈祷吧！"疯子哀求，"如果我们不马上祈祷，就会超过时间，他俩都会不高兴的。"

"谁?"

"老师和他的朋友。祈祷吧，噢，我们祈祷吧！"

他抓住桑巴·迪亚洛长袍的领口，摇晃着他。

"祈祷吧，说啊，祈祷吧。"

他喊得青筋毕露，整个人显得惊恐不安。

桑巴·迪亚洛推开他，站起来走了。

"你不能就这么走了，你还没祈祷！"疯子朝他喊，"你不能这么做！"

"也许，毕竟……强迫真主……让他选择，要么他回到你心中，要么是你为真主的荣光而死。"

"你不能就这么走了。停下来，噢，停下来！老师……"

"……如果我真的发自内心，全心全意地强迫他，他别无他法，只能选择……"

"至少告诉我，你明天会祈祷，我就让你走……"

疯子一边说，一边跟在桑巴·迪亚洛身后，焦躁不安地用手在礼服外套深处摸索。

"你不能就这样忘记我。我不会接受，我俩之间，我独自一人遭受你的疏远之苦。我不会接受。不……"

疯子拦在他面前。

"答应我，你明天会祈祷。"

"不……我不接受……"

他还没回神，只是大声将心中所思说了出来。

就在这时，疯子举起了武器，桑巴·迪亚洛周围瞬间变成漆黑一片。

咫尺之间，有声音在说话。

"我的存在现在让你困扰。这是干涸的山谷美妙地迎回溪流，你使溪流欢欣鼓舞。"

"我在等你。我等了很久。我准备好了。"

"你是否安宁？"

"我不得安宁。我等了你很久。"

"你知道我是黑暗。"

"我已做出选择。我选择了你，我的黑暗与安宁的兄弟。我在等你。"

"黑暗深沉，亦是安宁。"

"别无所求。"

"表象及其反射闪闪发光。你不怀念表象及其反射吗?"

"我想要你。"

"说,你什么都不后悔?"

"不后悔,我厌倦了这种闭环。出于不安,我将思想像触手一样抛弃,可思想总是被表象反射,回归我自己。"

"但思想回归了你自己。无论转向何方,你看到的都是你自己的脸,也只有你自己的脸。你自己填满了闭环。你是主宰……"

"征服表象的想法本身就是表象。"

"所以来吧。忘掉吧,忘掉反射。展开自己,你是开放。看看表象如何破碎让步,看呐!"

"远一些,再远一些!"

"光与声,形与光,互相对立、互相挑衅的一切,流亡的刺目艳阳,你们是被遗忘的梦。"

"你在哪?我看不见你了。只见我身上出现肿胀,就像泛滥的河水中汇入新的水流。"

"小心。此处正实现伟大的和解。光冲淡暗,爱溶解恨……"

"你在哪?我什么也听不见,只有心中的回声绵延不绝,告诉我你还未说完。"

"小心,因为你重生了。再也没有光,再也没有重量,阴影也不再有。感受对立如何不复存在。"

"远一些，再远一些……"

"感受你的思想如何不再像受伤的鸟儿一样回到你身边，而是鼓足勇气，无限延展！"

"智慧，我能感知你的到来！来自地底的奇异之光，你没有绕过，你在穿透。"

"小心，因为事实如下：你的感官受限，便认为自己什么也不是。恰恰相反，你是无限，只是你的感官受限，几乎无法抓住实质。不，你不是被封堵得不安，在流亡途中哭泣。"

"我是两个同时发声的声音。一个在远离，另一个在增强。我是孤独的。河水上涨！我溢出河岸……你在哪？你是谁？"

"你进入了模棱两可不复存在之地。小心，因为此刻，你已经到达……你已经到达。"

"致敬！母乳原初的滋味，居于黑暗与安宁之地的我的兄弟，我认出你了。你宣告了流亡的终结，我向你致敬。"

"我为你带回你的王国。这是你登上王位的那瞬间……"

"瞬间是我思想的河床。瞬间的脉动具有思想脉动的节奏；思想的气息悄悄溜进瞬间的吹管。在时间的海洋里，瞬间承载着人类轮廓的影像，就像潟湖耀眼的水面上非洲红木的倒影。在瞬间的堡垒中，人类事实上是主宰，因为他的思想在既定时刻无所不能。思想飞跃之处，纯净的天空结晶成型。瞬间的生命，持续的瞬间构成的永恒的生命，在思想的激情飞跃中，人类创造自身，无穷无尽。在瞬间的中心，人类是不朽的，因为瞬间在既定时刻是无限的。瞬间的纯粹来自时间的缺失。瞬间的生命，支配的瞬间构成的永恒的生命，在你延续的发光舞台上，人类得以无限延展。大海！这是大海！向你致敬，回归的智慧，我的胜利！你透明的水流是我目光的期望。我看着你，你在生命中变得坚强。我没有边界。大海，你透明的波涛是我目光的等待。我看着你，你闪闪发光，无边无界。我想要你，永远，永远。"

浙江师范大学外国语学院
"非洲人文经典译丛"

百年来，非洲的文化思想飞速革新，其知识分子既尽力重现往日历史传统的光辉，又在全球化的碰撞下迸发出新的思想火花，在文化领域留下了不可磨灭的思想印记。非洲大陆为世界贡献了许多杰出的文学家、思想家、政治家等。在中非合作越来越紧密的今天，人文领域的相互理解也变得越来越重要，需要双方学者进行全方位、深层次、多角度的系统研究。

浙江师范大学外国语学院拥有国内高校首个非洲文学研究中心、非洲翻译馆（非洲翻译研究中心）。这两个中心旨在搭建学术平台，深入战略合作，积极推进中非文化的发展与传播，为加深中非学术和文化交流做出新贡献。

国内首套大型"非洲人文经典译丛"以"20世纪非洲百部经典"名单为基础，分批次组织非洲文学作品以及非洲学者在政治学、社会学、哲学、人类学等领域的重要专著的汉译工作，并将在此过程中形成一支高效实干的学术团队，培养非洲人文社科领域的译介与研究人才，构建具有中国特色的非洲人文研究学术话语体系。

浙江师范大学非洲研究院
"非洲研究文库"

非洲大陆地域辽阔，国家众多，文化独特。近年来，中国与非洲国家的交往合作迅速扩大，中非关系的战略地位日益重要。目前，中非关系已超出双边关系的范畴而对世界产生多方面的影响，成为撬动中国与外部世界关系的一个支点。在此大背景下，中国社会对非洲有了迫切的认知需求，有必要对非洲国家的各个方面展开深入系统的研究。

浙江师范大学非洲研究院是国内高校中首家成立的综合性非洲研究院，创建的目标在于建构一个开放的学术平台，聚集海内外学者及有志于非洲研究的后起之秀，开展长期而系统的研究工作，以学术服务于国家与社会。

"非洲研究文库"是浙江师范大学非洲研究院长期开展的一项基础性、公益性工作，秉承非洲研究院"非洲情怀，中国特色，全球视野"之治学理念，并遵循"学科建设与社会需求并重，学术追求与现实应用兼顾"之编纂原则，由国内外知名学者组成编纂委员会，遴选非洲研究领域的重大重点课题，以国别和专题之形式，集为若干系列丛书逐步编撰出版，形成既有学科覆盖面与知识系统性，同时又重点突出、各具特色的非洲研究基础成果，为中国非洲研究事业之进步，做添砖加瓦、铺路架桥之工作。